LA MORT SUR UN CHEVAL PÂLE

Dans la collection « Crimes et Monuments »

Sophie Marvaud, *Meurtre chez les magdaléniens*

Édition : Sabine Sportouch
Corrections : Catherine Garnier
Maquette : Farida Jeannet
Conception graphique de la couverture : Volume visuel / Cyril Cohen

Couverture : *Fratricide royal*, vitrail provenant de la Sainte-Chapelle, 1243-1248 (CL14472), Paris, musée de Cluny - musée national du Moyen Âge ; © RMN-Grand Palais (musée de Cluny - musée national du Moyen Âge) / Jean-Gilles Berizzi

21, square Saint-Charles – 75012 Paris
ISBN : 978-2-36583-996-9

ISBN : 978-2-7577-0319-9
Dépôt légal : mai 2014
Imprimé en France par Imprim Plus

Daniel Vasseur

LA MORT SUR UN CHEVAL PÂLE

roman

nouveau monde éditions

ÉDITIONS DU PATRIMOINE
CENTRE DES MONUMENTS NATIONAUX

1

Brest, janvier 1855

Pas une chance sur cent pour que ça marche ! Pas une sur cent.

Il se répète les mots comme une litanie. Il en tire une amère satisfaction, le constat de l'inéluctable, quand il n'est plus de choix. Le garde marche à sa gauche, deux pas en retrait, silencieux et robuste. Au moindre mouvement suspect de sa part, il peut lui sauter dessus ou saisir son pistolet, le sommer de s'arrêter ou tirer sans sommation ; il en a le droit s'il se croit en danger. Lui, traînant sa maladie, peine à porter son gros sac avec les tenues de travail à livrer en ville ; sous sa blouse grise, il transpire malgré le froid de janvier. Il a aux pieds ses lourds sabots, une manille[1] à la cheville droite et sur son crâne rasé son bonnet rouge de bagnard[2].

– Pas une chance sur cent.

Il arrête sa plainte. Cette chance, c'est aujourd'hui qu'il doit la prendre. Et que Dieu veuille bien l'aider !

---

1. Manille : anneau fixé au pied d'un galérien.
2. Bonnet rouge : coiffure des condamnés à durée déterminée. Les condamnés à perpétuité portaient un bonnet vert.

Son garde, c'est Rivoal. Ce n'est pas le plus malin, ni le plus méchant. Il hésitera à tirer d'emblée. C'est un homme d'habitude, il évitera la grande rue encombrée où la bousculade l'oblige à redoubler d'attention ; il prendra la ruelle. Elle est presque toujours déserte et au bout d'une cinquantaine de mètres une venelle mène à un terrain vague où subsistent des baraques abandonnées. Devaux a caché sous sa blouse un sachet bourré de sable et, dans le sac de vêtements qu'il porte à l'épaule, un burin bien affûté et un marteau dérobés à la forge et d'autres choses encore qu'il utilisera si le sort est de son côté. Il ne veut pas y penser pour ne pas défier le destin.

Le garde s'est rapproché et, d'une pression sur son épaule, le dirige vers la ruelle. À l'autre bout, une femme se tient devant sa porte, les bras croisés. Il traîne le pas, dans l'espoir qu'elle rentre chez elle. D'une bourrade, le garde le pousse dans le dos. Il feint de trébucher. La femme a pris peur. Elle disparaît et l'on entend claquer sa porte. La ruelle est vide maintenant. Il repart ; à la hauteur de la venelle, il laisse tomber son sac. Quand Rivoal s'arrête en bougonnant, il plonge la main sous sa blouse, en tire le sachet de sable et pivote vers lui, le bras tendu. Le sachet le frappe à la tempe ; il s'écroule, assommé. Le sachet tombe, le sable se répand sur le sol. Il ramasse son sac de vêtements et, traînant sa jambe entravée, il s'enfonce dans la venelle jusqu'à la dernière baraque. La porte cède d'un coup de pied. Il s'assied, sort de son sac le ciseau et le marteau et s'attaque au rivet de la manille. Les coups qu'il frappe font un bruit effroyable. Dans la ruelle, rien ne bouge. Quand le rivet saute, il ouvre la manille qu'il jette au loin. Il se débarrasse de sa blouse, de son pantalon de bagnard, de son bonnet et puise dans son sac la tenue qu'il a placée au-dessus : une vareuse de pêcheur, un pantalon de toile et une casquette. Il s'habille et s'avance prudemment au-dehors. Rien ne bouge dans la ruelle, le terrain vague est désert. Il le traverse en s'efforçant de ne pas courir. Sa jambe désentravée tâtonne sur le sol comme étonnée de sa liberté. Son pas s'affirme à mesure qu'il progresse et quand il atteint la rue qui borde le terrain, il a pris le rythme chaloupé des hommes de la mer.

Il est déjà dans la campagne quand il entend les trois coups de canon du pénitencier signalant l'évasion. Les chasseurs de primes[1] sont lâchés.

1. Chasseurs de primes : le canon pouvait être entendu à vingt kilomètres à la ronde. Des primes étaient attribuées aux personnes qui donnaient un renseignement permettant d'arrêter le fugitif.

2

Paris, deux mois plus tard

Dans la cour étroite de la gare le vent faisait claquer les capotes des fiacres. Une bourrasque enveloppa les deux hommes. Ils serrèrent leur redingote et pressèrent le pas en se faufilant entre les voitures. Quand ils atteignirent l'entrée, les premières gouttes de pluie s'écrasaient sur les marches. Ils les gravirent à la hâte et s'arrêtèrent au seuil du vestibule.

– Vous manquez de souffle, Ragon, dit le commissaire. Vous devriez reprendre le chemin de la salle d'armes ou du gymnase.

L'inspecteur tapota son gilet.

– Hélas! J'offre désormais, pour l'épée, une cible trop large. Pour la gymnastique, je vais y réfléchir. À propos, je me suis laissé dire que vous avez été un excellent bretteur.

– J'ai aimé ferrailler, c'est vrai. C'était un autre temps. Finissons-en. Exposez-moi votre plan. Il nous reste vingt minutes.

C'est un homme pressé, mon nouveau patron, se dit Ragon.

Ils travaillaient ensemble pour la première fois. Victor Grumel était arrivé à Saint-Lazare deux semaines auparavant, au début de mars, muté de son commissariat des Enfants-Rouges pour s'intégrer dans la fournée des commissaires spéciaux affectés au service de surveillance des chemins de fer créé en février. Un bel homme, grand, bien bâti, au visage coloré, sans barbe ni moustache, un menton énergique, des yeux bleus. Ancien sous-officier de cavalerie, il avait, d'après les rumeurs, quitté l'armée en 1848 pour entrer dans la police.

Ils s'avancèrent jusqu'à l'hémicycle où s'amorçaient les escaliers menant aux salles d'attente et aux quais. L'horloge ronde, accrochée aux fermes de la charpente, marquait midi. La pluie, maintenant violente et drue, cinglait la grande verrière de coups de fouets rageurs dont le claquement se mêlait aux roulements des voitures, aux hennissements des chevaux, aux cris des portefaix, le tohu-bohu habituel de la rue Saint-Lazare. La salle, d'un coup, s'était obscurcie.

– Allez Ragon, un dernier effort.

Ils montèrent encore quelques marches et débouchèrent en face des voies. À gauche, sur le quai le plus éloigné, le long des messageries, les voyageurs grimpaient dans les wagons d'un train prêt au départ. Le vent rabattait sous la toiture les volutes de fumée de la locomotive qui noyaient le hall dans une brume grisâtre où les voyageurs et les passants prenaient des allures de fantômes.

– C'est le train de Versailles, dit Ragon. Il part dans cinq minutes. Celui de Rouen est attendu sur le quai de droite, là-bas, dans un quart d'heure.

– Il faut qu'à son arrivée, il soit seul dans la gare.

– Il le sera. Les autres convois ont été retardés. Les voyageurs en partance sont consignés dans les salles d'attente.

On leur a servi un boniment pour les faire patienter. Les quais seront dégagés pour nous laisser le temps de vider toutes les voitures de Rouen.

– Et que faites-vous de tous ces gens dans le hall ?

– Je les y laisse. Nous ne pouvons ni fermer la gare ni la vider. Vous le savez, le télégramme d'alerte n'est arrivé que ce matin, et ici nous ne sommes pas chez nous. Ce sont les compagnies qui gèrent et qui commandent, elles savent nous le rappeler et, à Saint-Lazare, il y en a trois. Elles vont bientôt se regrouper ; je ne suis pas certain que ce soit plus commode pour nous.

– Qu'est-ce qui va empêcher notre bagnard de nous échapper à la sortie du train et de se mêler à la foule ?

– J'ai quand même obtenu de la Compagnie de Paris à Rouen qu'elle me prête des hommes. Avec les nôtres, ils vont canaliser les passagers vers une sortie unique, rue d'Amsterdam. Si l'un d'entre eux réussit à quitter la file, j'aurai des sergents de ville en civil mêlés à la foule pour le ramener. Ils sont en train de se mettre en place. Partout ailleurs la gare est bouclée.

– Notre homme ne peut-il tenter de s'échapper par le bout des quais, vers l'ancien embarcadère de la place de l'Europe ?

– J'y ai pensé. Le quai est gardé aussi de ce côté. On vérifiera qu'il n'y a plus personne dans les voitures. Pour ne pas attirer l'attention de notre fugitif et faire croire à des travaux, j'ai fait mettre des barrières, des outils, des matériaux, du sable et des pavés, devant les sorties condamnées. Enfin, je serai avec Molineau au guichet pour essayer de repérer le bonhomme. Essayer seulement…

Vous voulez dire qu'il peut nous échapper ?

– Notre mouchard paraît sûr de lui : Devaux sera dans le train. Je veux bien le croire, sans en être convaincu : il a pu changer son plan. Et quand bien même il y serait ! Il faut encore le repérer. Je ne l'ai jamais vu. Vous non plus. Il faut se contenter de la description du télégramme. Pas très grand, un peu voûté, la cinquantaine, à moitié chauve. Le reste du poil déjà bien gris. Une barbichette, des moustaches et des rouflaquettes qu'il se serait laissé pousser depuis qu'il s'est évadé et qu'il a pu raser hier soir. Des yeux bleus. Avec ça ! Le sergent de ville que j'ai envoyé aux sommiers pour avoir sa fiche, celle qu'on a dû faire quand on l'a arrêté, n'est pas encore revenu de la préfecture. Vous les connaissez ces fiches. « Grand ou petit, maigre ou gros, front moyen, nez moyen, yeux bleus ou verts ou bruns, pas de signe particulier. » Tout à l'avenant. Et pas encore de daguerréotype, hélas. De toute façon, deux ans de bagne, ça vous change la tête d'un homme. Autant dire que si ce Devaux est un peu malin, s'il s'est grimé ou déguisé, il va nous filer entre les doigts.

Le commissaire opina, en silence. Il savait peu de chose de l'affaire. Deux mois plus tôt, en janvier 1855, Albert Devaux s'était évadé du bagne de Brest où il purgeait une peine de dix ans pour avoir tué un homme un soir de 1853, dans la Cité, au marché aux fleurs. Depuis, il avait réussi à échapper à la maréchaussée. On l'avait soupçonné de se cacher en Normandie, son pays natal. Signalé à Rouen, on n'avait pas réussi à le pincer. Ce matin, un télégramme parvenu au commissariat de la gare annonçait sa présence très probable dans le train de midi vingt. Grumel avait pris sur lui de tendre une souricière, pas certain, s'il le sollicitait, d'avoir l'accord de son divisionnaire de la rue de

Bellechasse. Un beau coup pour ses débuts s'il mettait la main sur le bagnard. Un risque à prendre. Il n'arrivait pas à le regretter, malgré ce que lui disait Ragon.

L'inspecteur le regardait, un peu inquiet.

– J'ai oublié quelque chose ?

– Non, ça va.

– Ceux qui correspondront au signalement, disons plutôt qui s'en approcheront, Molineau les conduira dans votre bureau, sous bonne garde, pour que vous les interrogiez en toute discrétion. Je vous rejoindrai quand tous les voyageurs seront sortis. Je ne peux pas beaucoup vous aider. Pour reconnaître Devaux, il aurait fallu avoir le temps de joindre un des inspecteurs qui l'ont arrêté il y a deux ans et le prendre avec nous.

Des coups de sifflet l'interrompirent. Le train de Versailles partait. Ils s'approchèrent des quais et le suivirent des yeux jusqu'à ce qu'il disparaisse dans le tunnel de la place de l'Europe. Ils regardèrent encore un moment les rails luisant sous la pluie et les traînées de fumée qui se dissipaient dans le vent puis revinrent vers les guichets.

– Je vais prendre mon poste, dit Ragon.

Grumel se dirigea vers son bureau.

3

La pièce, une petite salle d'attente aménagée pour lui, était meublée à la diable : une table, un fauteuil sans confort, trois chaises et une armoire en bois à deux portes derrière lesquelles il n'y avait encore que quelques paperasses et règlements, une demi-douzaine de dossiers et les copies de ses premiers rapports journaliers aux préfectures et au ministère de l'Intérieur. Au mur, derrière lui, une carte du réseau de la région ouest, soigneusement dessinée à la plume et coloriée à l'aquarelle. Sur sa table, un encrier, des feuilles blanches et le télégramme que lui avait remis Ragon. Il était mieux loti dans son ancien commissariat des Enfants-Rouges.

Grumel chassa le petit sentiment d'amertume qui venait de le saisir, s'assit dans son fauteuil, posa ses coudes sur son bureau. C'était une promotion. Au diable le décor ! Il lui fallait faire sa place, les débuts seraient difficiles, il le savait. Le décret de février en gênait plus d'un. Voir la grande police se renforcer dans les trains, s'introduire dans les gares parisiennes et des grandes villes de province en se dotant de plusieurs dizaines de commissaires spéciaux sous les ordres de trois divisionnaires rattachés en direct au ministère de l'Intérieur, ça ne plaisait ni aux compagnies privées ni aux autres forces de l'ordre. Encore moins de voir confier au nouveau service des missions particulières et secrètes. Utile, indispensable même, lui avait-on dit. Les chemins de fer allaient s'étendre dans tout le pays. Ils offraient des facilités de communication inconnues jusque-là. Les criminels, les opposants, les conspirateurs, les espions, pouvaient en profiter. Le régime devait se défendre avec de nouveaux moyens. L'Empereur se les donnait et il avait raison. Et lui, Victor Grumel, serait l'un de ces moyens, à Paris, au cœur même du système. On l'avait choisi et tiré de son commissariat de quartier pour cela. Il en était fier et bien décidé à montrer qu'il était plus qu'un simple reître, comme l'avait qualifié son magistrat de père quand il s'était engagé dans l'armée. Il le lui prouverait, aujourd'hui même peut-être, quand la souricière se refermerait sur sa proie.

Des coups de sifflet retentissaient dans le hall. Il se leva, s'approcha de la fenêtre. Le train entrait en gare, faisant vibrer les verrières. La machine semblait rouler comme un fauve prudent, haletant, épuisé par son effort. Elle s'arrêta dans un nuage de vapeur. Il observa un moment les voyageurs que les employés de la Compagnie de Paris à Rouen, reconnaissables à leur uniforme, canalisaient vers la sortie, sans grandes difficultés, semblait-il. Revenant à son bureau, il s'assit et attendit les passagers qu'allait lui envoyer Ragon.

Le premier arriva accompagné de l'inspecteur Molineau qui, après l'avoir fait entrer, se retira pour monter la garde devant la porte. De taille moyenne, la cinquantaine, les yeux bleus, les cheveux gris plutôt rares et les favoris frisottants, le voyageur pouvait répondre au signalement. Mais il se tenait bien droit, semblait satisfait de lui-même, le gilet gonflé par un début d'embonpoint, pas vraiment l'allure d'un bagnard en fuite. Il portait une sacoche de cuir, bourrée à craquer, qu'il s'empressa de poser à terre.

– Je ne comprends pas ce qu'on me veut ! lança-t-il d'emblée, d'une voix forte.

Il jouait celui qui se contient, mais qu'il ne faut pas trop pousser quand même. Le commissaire expliqua : une simple formalité, on recherchait quelqu'un, il correspondait au signalement qu'on en avait. C'était juste une vérification, il ne perdrait que cinq minutes, il suffisait de s'expliquer. Il le fit, en bougonnant.

Voyageur de commerce pour une fabrique de bibelots de Rouen, il venait tous les mois à Paris pour ses affaires. Il apportait des articles à proposer à des magasins parisiens. Il ne resterait que deux jours à Paris, il ne pouvait se permettre de perdre son temps.

Il plongea la main dans sa sacoche, brandit des papiers.

– Voici ma carte et des attestations, des factures de ma maison. Qu'est-ce qu'il vous faut de plus ?

Tout paraissait normal. Grumel se contenta de relever son nom et son adresse et le laissa partir.

Il resta ensuite un long moment sans voir personne. Quand enfin l'inspecteur revint, il introduisit dans la pièce, à la surprise de Grumel, un prêtre, soutane noire, rabat blanc, chapeau rond, de grosses godasses aux pieds.

Le commissaire se leva et bredouilla :

– Mes respects, mon père. Nous sommes désolés de vous importuner. Je vais vous expliquer l'objet…

Il était furieux d'être aussi gêné.

– Ne vous excusez pas et dites-moi ce qui me vaut cette arrestation.

– Il ne s'agit pas de cela. Nous recherchons quelqu'un…

– Un bandit de grand chemin, un criminel ?

Il souriait, comme amusé par la situation.

– Je ne suis qu'un pauvre prêtre. Allez-y. Je suis prêt à vous répondre.

Il répondit en effet avec beaucoup de bonne volonté aux questions embarrassées de Grumel, d'une voix basse, en se penchant vers lui.

On l'appelait le père Robert. Robert Moricet pour l'état civil. Il était le curé de Montigny, une petite paroisse normande et venait à Paris faire quelques achats.

– Des images saintes, des objets de piété. On en trouve ici un choix plus large qu'à Rouen et de meilleure qualité. Que voulez-vous savoir ? Quand je rentrerai ? Demain. Je passerai la nuit au séminaire de Saint-Sulpice où mon frère enseigne.

Le vague portrait que Ragon lui avait tracé de Devaux pouvait correspondre au physique du prêtre. La cinquantaine lui aussi, une taille moyenne, un visage banal, des cheveux gris qui dépassaient des bords du chapeau. Était-il « un peu chauve » ? Grumel hésitait à lui demander d'ôter son couvre-chef. Le curé était voûté, il avait les épaules affaissées, le teint pâle. Son attitude était humble. Sur son visage serein et doux, le commissaire cherchait en vain à plaquer l'image d'un criminel en rupture de bagne.

Il dut se forcer pour poursuivre son interrogatoire.

– Avez-vous des papiers justifiant de votre état ?

Le sourire du prêtre s'attrista. Il prit un air gêné.

– Je n'en ai jamais eu. La soutane que je porte m'avait jusqu'à présent suffi. Je vous vois perplexe. Il vous faut des preuves. Voulez-vous que je vous récite en latin le Pater ou le Confiteor : *Pater noster qui es in caelis, sanctificetur nomen tuum,* etc. ?

Grumel ne put s'empêcher de sourire :

– Vous savez, je peux en faire autant.

– En ce cas, une épître aux Corinthiens, *in extenso* si nécessaire, parviendrait-t-elle à vous convaincre ? Celle qu'on lit à la fête du Très Saint-Sacrement par exemple.

Sans attendre la réponse, il commença, débitant le texte à toute vitesse, d'une voix claire et sonore :

– « Mes frères : c'est du Seigneur même que j'ai appris ce que je vous ai enseigné, savoir que le Seigneur Jésus, la nuit où il devait être livré, prit du pain et ayant rendu grâce, le rompit et dit… »

Grumel l'arrêta. Il avait l'impression de commettre un sacrilège.

– C'est bon, mon père. Excusez-moi.

Il le regarda partir, traînant sur le parquet ses grosses godasses noires.

Le voyageur qu'on lui amena ensuite avait, comme le premier, la cinquantaine, les yeux bleus, le cheveu gris, mais il était grand et maigre, il se tenait très droit et sa tignasse était drue et fournie. Ragon devait être fatigué ou devenait outrageusement suspicieux. L'homme se révéla être un clerc de notaire qui revenait de Pont-Audemer où il avait été dépêché par son patron pour préparer une vente importante de fermages. Il tapotait la sacoche qu'il serrait sous son bras pour justifier ses dires et quand Grumel lui demanda de décliner son identité, il sortit des basques de sa redingote un portefeuille de cuir et étala sur le bureau toute une liasse de documents qui démontraient abondamment qu'il s'appelait bien Gourin Gaston, qu'il était clerc de notaire et qu'il officiait chez maître Defournel, rue de l'Arbre-Sec. Il insista sur le pouvoir que ce dernier lui avait spécialement délivré pour traiter en son nom les démarches administratives qui l'avaient amené à effectuer son voyage. En l'écoutant, le commissaire se rendit compte qu'il ignorait le métier qu'exerçait le fugitif avant son arrestation. Il imaginait mal Devaux en tabellion et Gourin, lui, n'avait vraiment pas l'allure d'un bagnard en cavale.

– Vous pouvez partir.

Il sortit au moment où Ragon entrait dans le bureau, un papier à la main. En le croisant, l'inspecteur jeta un coup d'œil au clerc et, quand il eut disparu, il soupira :

– C'était l'un des derniers. Celui-là, je me demande ce qui m'a pris de vous l'envoyer. Et les deux autres ?

– Je les ai relâchés aussi.

Ragon eut l'air déçu.

– Le voyageur de commerce ne correspondait pas au signalement et ses papiers étaient en règle. Je n'avais aucune raison de le retenir.

– Et le curé ? Le signalement, ça collait à peu près. Une soutane, comme déguisement, c'est facile. Vous avez vu ses papiers ?

– Il n'en avait pas. Mais c'était un vrai curé. Il a commencé à me réciter la messe, en latin, puis une épître de saint Paul par cœur. Vous pourriez faire ça ? Moi pas. Et Devaux, vous croyez qu'il…

Grumel s'arrêta. L'inspecteur s'était figé, comme frappé d'un soudain malaise.

– Qu'est-ce qu'il y a, inspecteur ?

– Il y a, monsieur, il y a que…

Il tendit au commissaire le document qu'il avait en main.

– C'est la fiche de Devaux que l'on m'a apportée des sommiers, juste comme je revenais vous voir. J'ai eu le temps d'y jeter un coup d'œil. Sur le signalement, elle ne nous apprend pas grand-chose. Mais on y dit qu'il exerçait le métier de tailleur rue Serpente.

– Et alors ?

– Mais aussi qu'il servait comme bedeau à Saint-Séverin, depuis 1845.

Grumel abattit son poing sur la table.

– Sacrebleu !

4

– Qui c'est, ce singe ?

Alfredo Scassini, le peintre verrier, parlait haut, sans se gêner. Malgré son bec-de-lièvre et sa grosse moustache qui s'efforçait de le cacher, sa voix claironnait sous la nef de la chapelle. Il pointait du doigt l'ouvrier, petit et nerveux, qui grimpait allègrement vers le sommet de l'échafaudage.

– C'est Carlo Burrigo, un nouveau serrurier, dit Joseph, le contremaître. Il n'est plus tout jeune, cinquante ans au moins, mais c'est un acrobate. Il examine les ferrures.

– Pourquoi ce n'est pas Léon ?

– Il est mort cet hiver. Du choléra.

Scassini recula de quelques pas pour embrasser du regard la verrière dans toute sa hauteur. Plusieurs des hommes qui s'étaient groupés au pied de l'échafaudage l'imitèrent.

– C'est triste.

Joseph se demanda si le peintre déplorait la mort du vieux serrurier ou le spectacle qu'offrait la verrière.

Les travaux de restauration des vitraux de la Sainte-Chapelle avaient repris depuis quelques jours. Quand, en 1853, ils avaient été interrompus, la rénovation du vitrail des reliques de la Passion, le dernier sur le flanc sud de la chapelle, n'était pas achevée et la baie était restée en l'état. Les panneaux du bas avaient été détruits avec leur mosaïque à la suite d'un incendie ou de l'installation d'un buffet d'orgue. On en discutait. Scassini redécouvrait l'état de délabrement du reste de l'ouvrage. Des verres étaient cassés, certains remplacés par des carreaux blancs ou des bouche-trous. Des panneaux étaient sans doute à changer en totalité. La crasse estompait les motifs et la maigre lumière de ce maussade matin de mars ne parvenait pas à les éclairer. Le peintre peinait à retrouver les scènes, à peine visibles, que Lusson, le maître verrier, lui avait décrites : là-haut, les envoyés du roi de France à Constantinople, en dessous saint Louis et le comte d'Artois portant la sainte Couronne, en bas l'arrivée des reliques à Paris… Il se lassa.

À ses côtés, Joseph soupira.

– Faire tout ça en deux mois, on n'y arrivera pas.

– Même pas deux mois, dit Scassini, et la rosace en plus, qui n'est pas terminée.

Depuis deux ans, il attendait la reprise des travaux avec impatience. Aucun des chantiers, privés, publics ou religieux, sur lesquels Lusson l'avait envoyé pendant ce temps, à Paris ou en province, n'avait pu le consoler d'avoir dû abandonner ce grandiose et magique décor de lumière et de couleurs qui l'impressionnait et l'enthousiasmait à la fois. Il revivait les scènes qu'il avait peintes ou rénovées. Il allait reprendre la tâche qu'il aimait par-dessus tout et le défi l'excitait.

– Tu verras, à la mi-mai, j'en jurerais, tout sera prêt.

L'équipe reconstituée connaissait l'enjeu : en mai, l'Exposition universelle s'ouvrirait au Palais de l'Industrie ;

les provinciaux et les étrangers, des princes, des souverains peut-être, allaient affluer à Paris; il fallait finir en hâte pour montrer à tous la beauté du monument.

– L'Empereur sera satisfait, ajouta le peintre.

Une bouffée de vent chargée de pluie fit vibrer la verrière. Midi sonnait à Saint-Séverin.

– On fait la pause, lança le contremaître.

Les ouvriers s'éloignèrent de l'échafaudage. Burrigo redescendit de son perchoir aussi agilement qu'il y était monté.

– Le « singe », comme tu l'appelles, c'est un « pays » à toi, dit Joseph. Il est de Parme.

– Moi, je suis du Piémont, répondit le peintre.

Ça voulait dire que Carlo n'était pas un « pays » à lui.

Ils se dirigèrent tous vers l'abside. L'équipe reprenait ses habitudes anciennes comme si le travail ne s'était jamais arrêté. Quand ils étaient nombreux dans la chapelle, peintres, artisans, assistants et manœuvres, pour les poses et les déposes, et que, comme aujourd'hui, le temps ne permettait pas de casser la croûte dehors, ils s'accroupissaient au pied du vitrail d'Ezéchiel où ils avaient « leur coin », à l'écart des autres peintres, carreleurs, plâtriers et maçons, une distance qui leur paraissait marquer le caractère noble de leur tâche, la maîtrise du verre et du feu, de la couleur et de la lumière. À vrai dire, chaque métier s'efforçait d'obtenir et de conserver ses petits privilèges. Si la restauration des vitraux avait été interrompue pendant presque deux ans, le chantier s'était poursuivi avec plus ou moins d'activité pour les autres métiers et Scassini avait senti, aux regards échangés ces derniers jours, que de nouvelles habitudes avaient été prises en leur absence et qu'il y aurait du terrain à reconquérir.

Pour l'instant, assis par terre, ils déballaient leur pitance. On mangeait froid, le vin était permis, mais on buvait peu. Les soiffards se rattrapaient le soir dans les estaminets de la rue de la Barillerie ou des ruelles de la Cité. Sauf quand un incident marquait la vie du chantier, les compagnons parlaient peu: quelques mots lâchés entre deux bouchées, une remarque, une plaisanterie, de rares disputes. La chapelle n'était plus sanctifiée depuis longtemps, mais même si on pouvait y prendre ses aises, le lieu en imposait. D'ailleurs, les pauses étaient brèves.

Burrigo était venu s'installer à côté de Scassini en lui lançant un amical *buongiorno* auquel le peintre s'était contenté de répondre:

– Ici, on parle français.

– Lo faro quando mi piacera, avait répliqué le serrurier, en éclatant de rire aussitôt. *Ma oggi, mi piace.* Et le français, je le parle aussi bien que toi, sais-tu? Il y a des années que je vis à Paris.

C'était vrai, son français était bon et l'accent valait celui du peintre.

Scassini sortit de sa musette un quignon de pain et un morceau de fromage qu'il se mit à mâcher en silence.

On avait prévenu Burrigo. Le peintre verrier ne causait guère. Un buveur d'eau. Pas de femmes, pas d'amis, ou alors bien cachés. Pour lui, c'était le travail avant tout. La journée avec le nez sur ses bouts de verre. Tranquille tant que le travail tournait rond, grincheux quand ça n'avançait pas. Alors il valait mieux ne pas l'embêter ou il se mettait en rogne. On ne l'avait jamais vu se battre, mais on n'avait pas envie de se frotter à lui. Une grande carcasse et des poings lourds qui devaient faire mal. Avec ça, des doigts d'artiste. Le meilleur peintre sur verre de l'équipe. En tout cas jusqu'à l'arrivée de Tirard, un nouveau renfort engagé par Lusson dont le patron disait grand bien et qu'on allait voir à l'œuvre.

Alfredo Scassini était un amoureux de la couleur et du détail. Trop, disaient certains, un maniaque. Un verrier français l'avait repéré lors d'un voyage en Italie, restaurant une fresque dans une petite église des environs de Turin ; c'était encore un adolescent, un orphelin exploité et tyrannisé par son patron. Frappé par son talent, il l'avait convaincu de le suivre en France pour y apprendre le métier de *pittore su vetro*. Il avait travaillé avec plusieurs patrons avant de se fixer au Mans, chez Lusson, une dizaine d'années auparavant. Le maître verrier, quand il avait pris en charge la rénovation des vitraux de la Sainte-Chapelle, avait installé un atelier quai de la Grève où il avait mis ses meilleurs peintres. Scassini était fier d'en être.

Par la baie ouverte, des bouffées de vent poussaient la pluie dans la nef. La pause allait se prolonger. Les hommes se mirent à parler, plus que d'habitude. Des mots lents, juste pour casser le silence, sans passion, sans éclat, comme on mâchonne ou comme on chique. La reprise du chantier, l'équipe retrouvée, les travaux du dernier vitrail et de la rosace, le temps qui allait manquer. Et encore l'exposition, les visiteurs attendus, l'inauguration par l'Empereur, les rumeurs de complot, la peur de l'attentat, les argousins et les mouchards qui seraient là, à fouiner dans tous les coins. Scassini écoutait, glissait son mot puis tirait sur un de ses petits cigares tordus qu'il fichait sous sa moustache dans sa lèvre fendue. Il observait Burrigo qui semblait se sentir déjà très à l'aise dans l'équipe et qui souriait à chaque fois que leurs regards se croisaient.

Il ne pleuvait plus, le vent s'était calmé. Les ouvriers se levèrent. Du sol, Scassini suivit un moment leur travail. Ils dégageaient les trilobes et les quadrilobes de la quatrième rangée de panneaux en détachant les vergettes[1] qui les raidissaient entre deux barlotières[2]. Ils les déposaient avec précaution sur les plateaux préparés à côté d'eux. Dès que les premiers furent descendus sur le sol de la nef, le peintre alla voir les motifs, examinant les dégâts avant que les pièces soient placées dans les caisses qui les emporteraient ce soir à l'atelier du quai de la Grève.

Il n'attendit pas la suite de la dépose et s'approcha du contremaître.

– Je retourne à l'atelier.

Joseph approuva d'un signe de tête.

Comme Scassini se dirigeait vers l'escalier qui conduisait à la chapelle basse, un rayon de soleil se glissa sous les nuages, caressa le flanc sud de la chapelle et réveilla les vitraux. Il fit demi-tour, pour les contempler. Devant la verrière de Judith et de Job, il s'arrêta, promenant son regard sur des scènes qui lui étaient chères et qu'il connaissait par cœur pour en avoir tenu chaque pièce au bout des doigts. Les troupeaux de Job fuyaient, effrayés par le diable, ses enfants gisaient sous les ruines de sa maison;

1. Vergette: barre de fer ronde maintenant le panneau entre deux barlotières.
2. Barlotière: élément de l'armature métallique destinée à recevoir le panneau.

la vaillante Judith brandissait à deux mains son glaive au-dessus d'Holopherne endormi sous sa tente rouge, elle remettait à sa servante la tête du général d'où jaillissait le sang. Le peintre suivait des yeux les traits des dessins, s'arrêtait sur les détails. Baissant et levant la tête, il s'amusait des flaques de couleurs que le soleil projetait sur les dalles et cherchait à retrouver au vitrail les verres où se jouait la lumière.

Avec plaisir, il se rappelait les heures qu'il avait passées à l'atelier à fouiller dans les pièces anciennes pour récupérer les verres, les recouper, les gruger, les nettoyer, raviver les couleurs, les heures à tailler et peindre des verres nouveaux et, après la cuisson, à les ajuster, à corriger, reprendre, jeter, recommencer jusqu'à ce qu'il accepte, à la fin, de lâcher son panneau avec un soupir dont il ne savait pas lui-même s'il était de regret ou de satisfaction. Et sa fierté quand Steinheil, le cartonnier ou Lusson, le maître verrier, admirait son œuvre.

Il aperçut, de l'autre côté de la nef, Abel Tirard, le peintre que Lusson venait de débaucher chez l'un de ses concurrents. Âgé d'une trentaine d'années, il était arrivé escorté de deux réputations flatteuses, celles d'un excellent peintre sur verre et d'un séducteur. Il allait avoir à justifier rapidement la première. Pour la seconde, les ragots de la Cité ne manqueraient pas de rapporter ce qu'il en était. Sa taille élancée, son visage avenant, ses yeux bleus et sa barbe soignée laissaient présager qu'ils confirmeraient sa renommée.

Debout, les bras croisés, Tirard l'observait avec un sourire où Scassini crut voir de l'ironie. Il sentit son plaisir s'évanouir et se dirigea vers l'escalier.

5

Ce n'était qu'un pâle soleil du soir. Ses rayons faisaient briller les pavés mouillés par la longue pluie de l'après-midi et donnaient à la rue Serpente un air joyeux. Rien pourtant ne semblait pouvoir égayer la façade de la petite maison qui dressait son étage unique au coin de la rue de la Harpe. Au rez-de-chaussée, les volets de l'échoppe de tailleur étaient clos bien qu'il ne fût que cinq heures. Couverts d'une vieille couche de peinture marron qui s'écaillait, ils donnaient l'impression de ne pas avoir été ouverts depuis longtemps. La pluie débordant des gouttières avait laissé sur la façade de grandes traînées noires. À l'étage, les fenêtres obscures semblaient des yeux à jamais fermés. Des ardoises manquaient au toit pentu percé de lucarnes. À côté de la boutique, une porte cochère s'ouvrait sur une cour vide.

Un homme en sortit et, s'arrêtant sur le seuil, jeta un coup d'œil furtif autour de lui avant de s'engager à droite dans la rue Serpente. Les passants étaient rares, il sembla peu à peu se rassurer et poursuivit calmement son chemin vers la rue de l'Éperon. Il portait un pantalon de toile, une large blouse grise, un foulard rouge autour du cou et une casquette sombre, de couleur indéfinissable. Un gros sac informe pendait à son épaule. Il pouvait avoir une cinquantaine d'années et marchait un peu courbé, la tête penchée, comme attirée vers le sol par sa grosse moustache noire. Ceux qui le croisaient ne lui accordaient qu'un bref instant d'attention : un quelconque portefaix et sa charge.

Au coin de la rue Saint-André-des-Arts, il s'arrêta devant un immeuble de rapport qui dressait ses trois étages au-dessus d'une boutique d'apothicaire. Il marqua un temps d'arrêt, leva les yeux vers le haut du bâtiment, examinant les fenêtres avec attention puis il entra sous le porche et s'engagea dans l'escalier. Il en descendit cinq minutes plus tard et frappa à la loge de la concierge. Personne n'ouvrit. Il rajusta son sac sur son épaule et partit, en traînant le pas, en direction de la place Maubert. Il commença à grimper la rue des Carmes vers la montagne Sainte-Geneviève. À mi-chemin de la pente, il s'arrêta. Entre deux immeubles anciens, une palissade fermait une cour dans laquelle s'empilaient des planches et des pièces de bois. Au fond, on apercevait un atelier d'où parvenaient des bruits de marteaux et de scies. L'homme hésita un instant avant de pénétrer dans la cour et de s'approcher du bâtiment. Arrivé près de la porte, il appela, plusieurs fois, doucement d'abord puis plus fort.

– Ohé ! René, René. Viens donc voir.

La porte s'ouvrit sur un gaillard barbu, la chevelure débordant de la casquette, les manches de chemise retroussées sur ses bras puissants, un tablier bleu lui ceignant la taille. Il regarda un moment son visiteur sans rien dire. Ses petits yeux fureteurs parcouraient son visage, ses vêtements, son sac, ses godasses. Sa bouche se tordit dans une grimace de méfiance ou de doute avant qu'il ne lâche :

– Albert ! Tu es fou ! Qu'est-ce que tu viens faire chez moi ? Ne reste pas planté là.

Il le prit par le bras et le traîna derrière un tas de bois.

Ils parlèrent d'abord à voix basse puis la voix du menuisier s'éleva :

– Non, non et non, laisse-nous tranquilles. Retourne d'où tu viens.

Elle éclata soudain, coléreuse et menaçante :

– Fiche ton camp. En vitesse. Et que je ne te revoie plus ici. Autrement, tu sais ce qui t'arrivera.

Le menuisier resta debout, les bras croisés, près de son tas de bois, jusqu'à ce que l'homme eût traversé la cour et disparu.

Redescendant la rue des Carmes, il semblait redevenu méfiant, il regardait de tous les côtés, indécis, comme s'il ne savait où aller. Par la rue du Haut-Pavé, il atteignit le quai Montebello et s'engagea sur le pont au Double. Appuyé au parapet, il regarda longtemps passer les bateaux, les barges et les péniches qui montaient et descendaient le fleuve, avant de se décider à passer sur l'autre rive. Il entra dans la cathédrale comme le soleil se couchait derrière la Sainte-Chapelle.

Il sursauta quand éclata la voix puissante de l'orgue. Il s'était endormi à genoux, les coudes sur l'appui de son prie-Dieu, la tête coincée entre les mains. Il ne savait pas combien de temps il avait somnolé ainsi. Il reconnut les premiers accents du *Magnificat* de Bach sur lesquels s'exerçait l'organiste et il resta un instant à écouter. Quand il sortit sur le parvis, la nuit était tombée. Il prit la direction du Marché neuf puis, repassant la Seine, s'engagea dans la rue de la Bûcherie. Quelques pas plus loin, il s'arrêta devant un cabaret pauvrement éclairé, et, se levant sur la pointe des pieds, jeta un coup d'œil dans la salle, pardessus le rideau qui cachait le bas de la vitrine. Il passa en revue les visages des buveurs et dîneurs attablés, avant de se reculer sur la chaussée. L'établissement avançait légèrement sur le trottoir étroit, ménageant un retrait derrière lequel il se glissa. Appuyé au mur, il attendit.

Peu de passants le remarquaient. Ceux qui l'apercevaient, tapi dans l'ombre, passaient leur chemin, le prenant sans doute pour un ivrogne qui cuvait son vin. Il ne bougeait pas, écoutant, quart d'heure après quart d'heure, la cloche de Saint-Séverin égrener le temps.

Vers sept heures, il crut reconnaître une silhouette qui s'approchait. Il se détacha du mur pour mieux voir. La faible lumière qui traversait la vitrine éclaira le visage de l'arrivant. C'était bien celui qu'il attendait, fidèle à ses habitudes du soir. Il lui prit le bras pour l'arrêter avant qu'il franchisse la porte du cabaret.

– J'ai besoin de toi.

L'homme qu'il interpellait n'eut pas un instant d'hésitation.

– Je m'en doute, Albert. Viens, ne restons pas là.

Ils partirent côte à côte en direction de la place Maubert. Ils parlaient à voix basse. Le murmure de leurs voix s'éteignit très vite. Au moment de tourner vers la place, Albert posa sa main sur l'épaule de son compagnon. On entendit leurs éclats de rire.

6

Rue de Bellechasse, dans l'immeuble du ministère de l'Intérieur, le bureau de Beslay donnait sur la cour, au premier étage. On y parvenait par un long couloir lambrissé de stuc, au sol couvert d'un tapis vert, râpé au centre, encore vif et feutré sur les bords.

– Monsieur le commissaire divisionnaire va vous recevoir.

S'il n'avait déjà eu une petite idée de ce qui l'attendait, la moue et le ton de l'huissier auraient fait comprendre à Grumel que l'entretien ne promettait rien d'agréable.

À son entrée dans le bureau, Beslay se leva pour lui serrer la main et lui désigna un siège avant de se rasseoir.

– Alors, Grumel, vous êtes fier de vous ?

Une question à laquelle il valait mieux ne pas répondre.

– J'ai lu votre très intéressant rapport.

Le commissaire divisionnaire était grand, mince et élégant. Son visage rasé et creusé, ses pommettes marquées et son nez aquilin, lui donnaient un air d'autorité dont il était conscient. D'un abord courtois mais froid, il maniait volontiers envers ses subordonnés une ironie tranchante que ceux-ci redoutaient tout en l'admirant malgré eux pour son aisance et son allure. Il avait du succès auprès des dames et l'on s'accordait à lui prédire un bel avenir au ministère.

Grumel l'avait rencontré deux fois : en tête à tête, à son arrivée dans le service, un accueil rapide et sans chaleur et, un peu plus tard, en compagnie des autres commissaires de la division, dans une réunion de travail éprouvante. Il était réputé tout savoir de ses collaborateurs immédiats et user sans vergogne de cet avantage.

– Auriez-vous, Grumel, tout oublié de votre passé militaire ?

– J'espère que non, monsieur.

– En Algérie, à la tête de votre peloton, attaquiez-vous les Barbaresques à votre gré, sans l'ordre de vos chefs ?

Bar-ba-res-ques ! Il avait détaché chaque syllabe du mot avec délectation et ne lui laissa pas le temps de répondre.

– J'aurais aimé être avisé de votre opération d'hier à la gare Saint-Lazare. C'eût été la moindre des choses. Sans compter qu'informés, nous aurions pu mettre à votre disposition les moyens qui semblent vous avoir manqué.

C'était bien cela ! Grumel le redoutait depuis que ce matin on lui avait apporté la convocation chez le patron pour le soir même. Il entreprit de s'expliquer : le télégramme, l'urgence, il avait cru bien faire en montant tout de suite cette souricière.

– Vous aviez le temps de m'envoyer quelqu'un pour m'alerter.

– Sans doute, mais…

– Bah. Laissons cela. Ce ne serait rien si vous ne vous étiez laissé abuser par une soutane et n'aviez laissé filer votre gibier.

– Nous manquions de renseignements précis sur le fugitif. Nous ne le connaissions pas.

Beslay, d'un geste, balaya l'argument.

– Maintenant un criminel erre dans la ville. Ou pire, il n'erre pas, il prépare un mauvais coup. Il ne s'est pas échappé du bagne sans raison, en prenant des risques. Que vient-il faire à Paris ? Une vengeance, un règlement de comptes, un autre forfait ?

– Monsieur, rien n'établit que ce curé soit vraiment notre homme. Devaux était-il vraiment dans le train ? Le mouchard a pu se tromper. Est-il à Paris maintenant ?

Beslay esquissa un sourire. Sans quitter des yeux son interlocuteur, il fit glisser vers lui un papier posé sur son bureau.

– Lisez.

C'était un rapport de Magnier, le commissaire du quartier de la Sorbonne[1]. Il faisait état de la déposition effectuée le matin même par un dénommé René Hilaire, menuisier dans la rue des Carmes. Un homme était venu le voir la veille au soir dans son atelier. Il le connaissait, c'était Albert Devaux, tailleur au coin des rues Serpente et de la Harpe qu'il savait condamné au bagne. Il lui avait avoué qu'il s'était échappé du pénitencier de Brest et il lui avait demandé de le cacher quelques jours en lui proposant de l'argent. Il avait refusé, bien sûr, et il avait jugé de son devoir de venir en parler au commissaire.

– De son devoir ! Un bien grand mot, commenta Beslay. Disons que cet Hilaire a de bonnes raisons de filer droit et d'être en bons termes avec la police.

1. Quartier : chaque arrondissement de Paris comportait quatre quartiers, chacun d'entre eux doté d'un commissariat.

Il reprit le rapport.

– Vous saurez désormais, commissaire, que rien n'est plus facile que de se déguiser en curé.

Il fixa un regard froid sur Grumel.

– Soyons nets. Votre affaire d'hier, ce n'est pas une réussite. Les gares sont des carrefours très fréquentés, parfois mal. Nous en sommes les gardiens, vous et moi. Sachez-le, je n'aime pas l'échec. La préfecture de Police est déjà au courant et de fait, les commissariats des douze arrondissements[1] qui vont s'efforcer de mettre la main sur Devaux. La Sûreté elle-même risque de s'en mêler. Collet[2] n'aime pas laisser les criminels traîner dans nos rues.

Il ferma le poing et rythma ses paroles de coups secs sur son bureau :

– Je veux Devaux avant eux. Je vous en charge. Vous aurez les moyens nécessaires. Si vous jugez bon, cette fois, de me les demander. Je vous le conseille.

Il sortit de son tiroir une liasse de documents serrés par une sangle.

– Lisez ce dossier et vous en saurez autant que moi sur votre fugitif. Rendez-le à l'huissier. Apprenez-le par cœur si vous voulez. Et retrouvez-moi vite ce Devaux. Me suis-je fait comprendre ?

La réponse allait de soi.

– À l'occasion, saluez votre père de ma part.

– J'ignorais que vous le connaissiez. Je ne le vois guère.

---

1. Arrondissement : Paris était alors divisé en douze arrondissements. Ce nombre sera porté à vingt en 1860 par l'intégration de communes avoisinantes.
2. Collet : chef de la Sûreté de janvier 1853 à octobre 1858.

– Vous avez sans doute tort. C'est un homme de grand conseil.

Qu'avait-il voulu dire? se demanda Grumel, en se retirant.

7

Grumel retourna voir l'huissier qui le conduisit dans une petite salle d'attente. Il disposa une chaise devant une table recouverte de moleskine.

– Vous serez tranquille ici. Mais vous aurez peu de temps. On ferme les bureaux à six heures. Dans un quart d'heure.

Le commissaire feuilleta la liasse avant de commencer sa lecture. C'était un recueil, pas très épais, de rapports et de procès-verbaux consacrés au crime du marché aux fleurs, à l'arrestation de Devaux et à son procès. Les sources étaient diverses, l'ordre incertain. Cela sentait l'enquête bâclée. La description physique de l'inculpé était aussi peu précise que celle dont Grumel avait pris connaissance à la gare Saint-Lazare. Aucune pièce ne relatait son séjour au bagne de Brest et seul un télégramme faisait état de son évasion au mois de janvier. Plusieurs tentatives de forçats avaient eu lieu les semaines précédentes, provoquées par l'annonce du départ des prochains convois vers Cayenne où devait être transféré le pénitencier. Elles avaient échoué à l'exception de celle de Devaux. Il s'était échappé en assommant le garde qui l'accompagnait en ville dans des circonstances qui n'étaient pas expliquées.

La pièce principale consignait la déposition d'un dénommé Loison, cabaretier rue de la Pelleterie, le long du marché aux fleurs. Le 27 mars 1853, à six heures du soir, dans son établissement, Albert Devaux, tailleur de son état, s'était pris de querelle avec un certain Brunoy, un bijoutier demeurant rue Chanoinesse. Comme les deux hommes étaient prêts à en venir aux mains, le patron les avait mis dehors. Il les avait entendus se battre dans la rue puis tout s'était calmé. Plus tard, deux clients, en sortant, avaient trouvé Brunoy, étendu sur le sol, derrière un étal du marché aux fleurs, la gorge à demi tranchée, du sang répandu sur le pavé autour de lui. Devaux avait disparu. Louvain, le commissaire du quartier Notre-Dame, prévenu, était arrivé aussitôt, avec deux sergents de ville.

Suivait son procès-verbal. La police s'était rendue aussitôt au domicile du tailleur, qui logeait au-dessus de sa boutique, rue Serpente. On l'avait trouvé, prostré sur une chaise, hagard, incapable de sortir un mot. Il avait du sang sur les mains et sur ses vêtements. On l'avait emmené au poste. Au bout d'une heure, il s'était remis, il avait raconté l'histoire, à sa façon. Oui, il s'était battu avec Brunoy, mais ni l'un ni l'autre n'avaient de couteau. Ils avaient roulé à terre. Brunoy était plus fort et plus lourd que lui et il le maintenait au sol, il cherchait à l'étrangler. Alors, un troisième homme était arrivé. Lui, il en avait un, de couteau, un énorme et, comme ça, sans prévenir, il avait retourné Brunoy et lui avait plongé la lame dans la gorge. Le bijoutier n'avait même pas poussé un cri. L'inconnu s'était enfui. Dans le noir, le tailleur n'avait fait que l'entrevoir et il était incapable de le décrire. Transi de peur, il s'était sauvé et était rentré chez lui. Il avait du mal à retrouver ses esprits. Mais, il le répétait, il le jurait : il était innocent.

L'objet de la dispute n'était pas clair. Une question d'argent, ou de religion… Les déclarations des témoins divergeaient.

– Encore cinq minutes, commissaire.

C'était l'huissier qui passait la tête par la porte entrouverte.

– Fichez-moi la paix ! hurla Grumel.

Il bondit pour claquer la porte derrière l'homme qui s'esquivait.

Il reprit le dossier, feuilletant rapidement les témoignages des habitants du quartier qui connaissaient Devaux et Brunoy ; ils n'apportaient que peu d'éléments supplémentaires. Dans le café, des clients les avaient aussi entendus se disputer, sans trop s'en soucier et ils n'étaient pas sortis les regarder se battre. Ni eux ni personne n'avaient vu le troisième homme invoqué par Devaux. Le couteau n'avait pas été retrouvé dans la rue, pas plus que chez le tailleur, où rien de suspect n'avait été relevé dans son logement ou sa boutique. Devaux jouissait d'une bonne réputation. Il lui arrivait de boire un peu trop, mais ce n'était pas un ivrogne. Il était entré tout jeune comme apprenti dans un grand atelier de confection faubourg du Temple et il y avait travaillé pendant vingt ans, sans histoire. Il était veuf. Sa femme était morte en couches en 1838. En 1845, il avait quitté l'atelier pour se mettre à son compte rue Serpente dans une boutique qu'il avait héritée d'un oncle. C'est alors qu'il avait accepté la fonction de bedeau à Saint-Séverin, à la satisfaction du curé et des paroissiens.

Pendant toute l'enquête, il avait clamé son innocence. Mais les faits l'accusaient. L'histoire était claire. Ce soir-là, il était ivre, il se disputait avec la victime, ils en étaient venus aux mains. Personne n'avait vu le mystérieux troisième homme.

Au procès, l'avocat de la défense avait plaidé l'absence de preuves irréfutables. Des voisins et des clients avaient témoigné de la bonne réputation de l'accusé. Mais la thèse d'un meurtrier intervenant inopinément dans une bagarre qui ne le concernait pas pour frapper sauvagement un homme à terre et s'enfuyant sans que personne ne le voie n'avait pas résisté aux coups de bélier du procureur. Seule l'honorabilité de Devaux lui avait évité la peine capitale. Reconnu coupable, il avait écopé de vingt ans de bagne.

L'histoire s'arrêtait là. Le fiasco de Saint-Lazare ne figurait pas encore au dossier.

Grumel resserra soigneusement la sangle autour des documents, posa le paquet sur ses genoux et resta ainsi un moment, traversé de sentiments contradictoires.

Il avait un peu de mal à se remettre des acides remontrances de Beslay. Il ne se reprochait pas vraiment d'avoir omis de demander l'autorisation de son chef pour tendre son piège à la gare. Ses années d'armée, y compris chez les Barbaresques, comme disait le divisionnaire, lui avaient appris qu'une initiative un peu osée était parfois utile, voire nécessaire. À condition de réussir ! Beslay là-dessus avait raison. C'est cela qu'il lui fallait se reprocher. L'erreur, c'était de ne pas avoir démasqué le faux curé. Mauvais début. Il fondait beaucoup d'espoirs sur la nouvelle carrière qui s'ouvrait à lui. Des occasions de briller, plus sans doute que dans son obscur commissariat des Enfants-Rouges où cependant il n'avait pas fait mauvaise figure. Et de montrer enfin à son père ce dont il était capable. À Isabelle aussi.

Il écarta vite la pensée gênante qui accourait, en saisit une autre, plus réconfortante : Beslay ne lui avait pas retiré la recherche de Devaux comme il l'avait craint un instant pendant l'entretien. Avec des moyens, si nécessaire. Et comment ! Cette fois, il allait mettre sur le coup les hommes qu'il fallait, en nombre et en qualité, si possible. À nous deux le tailleur, le bedeau, le bagnard qui l'avait joué !

Il se levait pour partir quand l'huissier passa la moitié de sa tête grisonnante par la porte entrouverte.

– Commissaire, cette fois on ferme, il est six heures.

Déjà le commissaire avait entendu les pas pressés des employés quittant leurs bureaux. Il fit mine de s'étonner, sortit sa montre de son gousset.

– Laissez-moi. Je termine.

L'huissier soupira et referma doucement la porte.

Grumel se rassit et demeura immobile plusieurs minutes. Il n'était pas satisfait. Il manquait beaucoup de choses dans le dossier posé sur ses genoux, à commencer par le vrai motif de la bagarre. L'avait-on assez recherché ? Il lui semblait qu'à l'origine du drame il y avait plus qu'une rixe d'ivrognes. Se roule-t-on par terre pour une histoire d'argent ? Peut-être si elle est importante. La somme en jeu n'apparaissait nulle part. Il n'arrivait pas non plus à croire à la dispute religieuse. Devaux avait donné cette explication. C'était sans doute le premier motif qui lui était venu à l'esprit, parce qu'il était bedeau. Tout cela agaçait Grumel, mais ce qui le tracassait davantage c'était une question simple qu'il s'était posée en lisant les rapports et qu'il avait maintenant oubliée. La faute de cet huissier de malheur. Un détail sans doute, mais qui, comme l'histoire du bedeau, risquait de le faire trébucher, ce qu'il ne pouvait se permettre à aucun prix. Mais quoi donc ? Il ne trouvait pas. Il devait être fatigué, agacé par Beslay et par l'huissier maniaque. Qui justement rouvrait la porte. Grumel lui tendit les papiers et sortit.

Dehors, il héla un fiacre, pressé de rentrer chez lui.

– Rue de Bretagne.

Il eut le tort d'ajouter « En vitesse ! ». Le cocher fouetta son cheval, bringuebalant sa voiture sur les pavés de la rue de Bellechasse, sans pitié pour son passager, sourd à ses invectives. Quand, profitant d'un embarras de charrettes devant la Cour des comptes, Grumel réussit à se faire entendre, l'automédon mit son cheval au pas et, mal embouché comme la plupart de ses confrères, grommela quelque chose sur « ces femmelettes qui avaient peur de faire une fausse couche ». Le commissaire s'apprêtait à répliquer vertement et à quitter le fiacre en relevant son numéro quand soudain, par la grâce du malappris, lui revint en mémoire et cette fois sans qu'il l'ait cherché ce qui le souciait tout à l'heure. La femme de Devaux ! Elle était morte en accouchant, mais l'enfant ? Avait-il survécu ? Si oui, un garçon ou une fille ? Quel âge aurait-il ? Né en 1838 : dix-sept ans. Il n'y avait rien dans le dossier ? Si l'enfant vivait et si le bagnard avait le quart d'un pouce de fibre paternelle, il allait chercher à le revoir, l'occasion rêvée de le coincer. Il fallait mettre Ragon en piste dès demain matin, retrouver l'enfant et le mettre sous surveillance. Une nouvelle planque en plus de celle de la boutique du tailleur où il n'avait pas encore eu le temps de poster quelqu'un. Heureusement, il était peu probable que Devaux ait l'audace de revenir à son domicile. Mais sait-on jamais ?

Se décidant brusquement, il passa la tête par la vitre du fiacre et cria au cocher de prendre la direction de la rue Serpente. Il l'entendit cette fois marmonner quelque chose sur les girouettes. Il ne releva pas, il s'en fichait, il voulait voir la boutique.

Dès le début de la rue de la Harpe, il fit ralentir la voiture pour examiner les lieux. Il fut tout de suite fixé : tapi dans l'ombre, au coin de la rue de la Parcheminerie, un quidam coiffé d'un chapeau melon, les mains enfoncées dans les poches de son paletot, un bout de cigare aux lèvres, promenait sur le carrefour un regard ennuyé. Le commissaire du quartier n'avait pas perdu de temps pour placer son homme. Inutile d'insister.

– Rue de Bretagne. Au plus court.

Cette fois, le cocher se contenta de hausser les épaules.

8

Déjà un rayon de soleil se posait sur le clocher de Saint-Séverin. La rue de la Harpe s'éveillait et l'on entendait alentour rouler sur les pavés des charrettes matinales. La clochette d'une voiture de laitier qui s'éloignait vers le quai Saint-Michel tintinnabulait comme pour réveiller les derniers dormeurs du quartier. Les trois hommes s'arrêtèrent avant de tourner le coin de la rue Serpente.

– Ça rime à quoi de laisser un guetteur ici ? dit Ragon. Devaux n'est pas assez bête pour revenir dans sa boutique et le commissaire du coin a déjà mis son inspecteur en planque. Regardez, il ne se donne même pas la peine de passer inaperçu.

– J'en mettrai partout où Devaux risque de passer, répliqua Grumel. Il n'est pas question de se laisser doubler ou de manquer quelque chose. Une fois, ça suffit. Allez-y Molineau. Postez vous. Pas la peine de vous cacher non plus, notre bagnard sait bien qu'on le recherche. Et tant mieux s'il le sait.

Gare Saint-Lazare, avant de partir, Grumel avait exposé son plan à l'inspecteur. Faire très vite le tour des connaissances de Devaux : Hilaire, tout d'abord, le menuisier au passé trouble qui l'avait dénoncé, Loison, le marchand de vins du marché aux fleurs qui l'avait vu et entendu se disputer chez lui le soir du crime, les buveurs qui étaient là, si on pouvait les retrouver, les voisins du tailleur, ses clients et aussi le curé de Saint-Séverin, la paroisse où il était bedeau. Il fallait récolter sur lui tous les renseignements possibles et que le fugitif se sente cerné, en sécurité nulle part.

– Et trouver le gosse, s'il en a eu un, et tendre un piège au père.

Le commissaire surprit un sourire moqueur aux lèvres de Ragon.

– Sans le rater, cette fois. Le divisionnaire m'a promis des renforts.

Le sourire de Ragon s'accentua.

– Je crois qu'on les attendra longtemps.

Place Maubert, le marché offrait ses premiers étals et les cris des maraîchers les accompagnèrent tandis qu'ils gravissaient la rue des Carmes.

Chez le menuisier, tout était ouvert : les deux vantaux de la porte sur la rue et celle de l'atelier. Dans la cour, deux ouvriers chargeaient des meubles sur une charrette attelée d'un gros cheval roux qui grattait du sabot le gravier. Un homme chevelu et barbu, large de torse, les mains dans les poches de son pantalon de velours côtelé, surveillait le chargement. Il se tourna vers les arrivants :

– C'est pour quoi ?

– La police !

– Vous avez retrouvé le bagnard ?

– Si vous êtes René Hilaire, dit Grumel, nous avons à vous parler.

– Vous êtes les hommes du commissaire Magnier ?

– Non, mais vous allez nous parler quand même. On va s'expliquer. Dans un coin tranquille.

– Vous en voyez ici ? Derrière le tas de bois, si vous voulez, c'est ce que j'ai de mieux.

Quand Grumel lui eut montré sa carte de commissaire et expliqué qui ils étaient, Hilaire répéta ce qu'il avait déclaré à Magnier : l'avant-veille, Devaux était venu le voir.

– Vous le connaissiez ?

– Oui. Quand il s'est installé rue Serpente, il m'a fait poser des étagères et des placards. Tout était à moitié pourri chez son oncle à commencer par la bicoque. On ne perdra pas grand-chose quand ils vont la démolir.

– Qui va la démolir ?

– Ben, ceux qui vont percer le nouveau boulevard depuis le pont Saint-Michel. Il paraît que le coin de la rue Serpente, il va sauter.

– Donc, c'était votre ami ?

– Non. Après les travaux, on s'est revus, on buvait un verre de temps en temps. Mais ça s'arrêtait là. D'ailleurs, sur le coup, j'ai eu du mal à le reconnaître. Il était rasé, ni moustache, ni barbe, la casquette enfoncée très bas, habillé comme un porteur ou un livreur, assez sale alors qu'avant il était toujours bien tenu, en bourgeois presque, sans parler du dimanche, quand il faisait le bedeau en uniforme.

– Il vous a quand même demandé de le cacher. Ça ne vous a pas étonné ?

– Peut-être qu'il n'avait personne d'autre à qui faire confiance.

– Et à vous, il faisait confiance ?

– Faut croire.

– Il avait tort.

– Vous n'allez quand même pas me reprocher d'être allé voir le commissaire !

– Il vous a parlé d'autre chose ?

– Non. Quand j'ai refusé, il s'est fâché. J'ai cru qu'on allait se battre. C'est un violent, vous savez. Il l'a montré. Finalement, il est parti.

– Où ? Qui d'autre aurait-il pu aller voir ?

– Je n'en sais rien. Je ne connais pas ses amis.

– Son enfant ?

– Il avait un gosse ? Première nouvelle.

– Vous ne l'avez pas vu quand vous avez travaillé chez lui ?

– Je n'ai vu que lui.

– Pas de femme, de maîtresse ?

– Je vous dis que je n'ai vu que lui. Et maintenant, il faut que je retourne travailler.

– Allez-y, dit Grumel. On se reverra sans doute.

Dans la rue, Ragon soupira.

– Il ment. Si Devaux est venu lui demander de le cacher, c'est qu'il était son ami. S'il ne l'était pas, c'est qu'il est venu pour autre chose.

9

Loison, le marchand de vins de la rue de la Pelleterie, ne parut pas surpris en les voyant pénétrer dans son établissement.

– Tiens, la police !

Ça énervait Grumel tous ces gens qui les repéraient au premier coup d'œil sans les avoir jamais vus. En quittant l'armée, il avait sacrifié son impériale[1] et ses moustaches, il portait une redingote noire de bonne coupe, des souliers plutôt fins, son chapeau melon était neuf, rien chez lui qui transpire l'argousin. Ragon, peut-être…

– Quand on s'est remis à parler de Devaux dans le quartier, vu son évasion, je me suis dit que j'allais bientôt revoir du monde. Vous êtes nouveaux au poste ?

Grumel sortit sa carte.

– Un commissaire ! Je suis gâté.

Au regard de Grumel, le cabaretier comprit qu'il devait changer de ton. À cette heure de la matinée, la salle était vide. Il les invita à s'asseoir à une table graisseuse, devant une des deux fenêtres qui donnaient sur le quai et les

1. Impériale : touffe de poils sous le menton, à la mode sous le Second Empire.

éventaires du marché aux fleurs. Ils refusèrent de boire et il n'insista pas.

– C'est donc bien vrai qu'il s'est évadé ?

Comme personne ne lui répondait, il enchaîna :

– Vingt fois déjà, j'ai raconté l'histoire du crime. À la police et aux clients. Ça a fait du bruit dans le quartier à l'époque.

L'histoire, il la reprit, une fois de plus, sans se faire prier. Ce qui était gênant, c'était qu'il louchait. On avait toujours l'impression que, du coin de l'œil, il surveillait la rue. C'était peut-être le cas.

– Ça va faire deux ans déjà, presque jour pour jour, c'était en mars. Dans la salle, il n'y avait plus beaucoup de clients. Il faut dire qu'il était tard. Nuit noire et je pensais à fermer quand Devaux et Brunoy sont arrivés. Ils avaient déjà bu ailleurs et ils étaient déjà bien saouls. Brunoy, ça lui arrivait souvent. Devaux, je ne l'avais jamais vu comme ça. Il buvait un peu, mais là, il avait dû se laisser aller. En arrivant, ils ne se disputaient pas, ils avaient même l'air de bien s'entendre tous les deux. D'abord ils ont parlé à voix basse, puis le ton est monté. Ils se sont un peu calmés puis ça a recommencé.

Loison se leva. Au comptoir un client réclamait une bouteille de vin. Il la remplit au fût, échangea quelques mots avec lui, encaissa et vint se rasseoir.

– Vous les connaissiez tous les deux ?

– Brunoy, il venait souvent. Il était bijoutier rue Chanoinesse, à deux pas. Il faisait aussi le prêteur sur gages. Maintenant, c'est son frère qui tient le magasin. Devaux, lui, je le voyais de temps en temps pour boire un coup avec un client ou à Saint-Séverin où il faisait le bedeau. Ça n'est pas que l'église, je la fréquente beaucoup, mais je vais aux enterrements et, dans ces cas-là, il était de service, si je puis dire.

– Et eux deux, ils se connaissaient bien ?

– C'était la première fois que je les voyais ensemble.

– Pourquoi se disputaient-ils ? demanda Ragon.

– Difficile à dire. Quand ils parlaient bas, on n'entendait pas. Quand ils se sont mis à gueuler, ça n'a été que des injures qui ne voulaient rien dire. Vous savez ce que j'en pense ? À mon avis, ils arrosaient une affaire qu'ils avaient traitée ensemble et ça s'est gâté quand il a fallu partager. Brulon, lui, il dit que c'était une affaire de religion.

– Brulon ?

– Oui, le savetier, un des clients qui étaient là. Il les a entendus parler de messe, de crucifix et de je-ne-sais-quoi encore.

Ragon insista :

– Et les autres clients, qu'est-ce qu'ils en disent ?

– À ce moment-là, il n'y en avait plus qu'un autre, le père Moreau. Il n'en dit pas grand-chose. Il préfère se taire. Il est chiffonnier, il n'aime pas la police, surtout les sergents de ville. Moi, je n'en démords pas. Ils parlaient d'argent. Affaire ou religion, on le saura peut-être jamais.

– Ça n'est pas forcément contradictoire, dit Grumel.

Loison le regarda. Son œil de travers semblait quémander une explication.

– En tout cas, quand ils en sont venus aux mains, je leur ai dit d'aller se battre dehors. Ils sont sortis. Je n'ai pas eu à les pousser. Vous ne voulez vraiment pas boire ?

Ils refusèrent à nouveau, d'un même geste.

– On a encore entendu du bruit dans la rue, puis plus rien. Un peu plus tard, Brulon et le père Moreau sont partis. Je les ai vus revenir tout tourneboulés. Ils avaient trouvé Brunoy égorgé, saigné comme un cochon, au coin de la rue de la Pelleterie, près d'un étal du marché aux fleurs. Ça n'est pas racontable.

Il raconta quand même. C'était la scène décrite dans le rapport de police : Brunoy au sol, étendu sur le dos, la gorge tranchée, le sang répandu sur les pavés, Devaux disparu, deux sergents de ville qui accouraient.

– Jusqu'à l'année dernière, ça me réveillait encore la nuit.

Une femme entrait, panier au bras. Le cabaretier partit la servir. Les deux policiers le suivirent jusqu'à son comptoir. Quand la femme fut sortie, le commissaire demanda :

– Vous croyez que Devaux a pu faire ça ?

– Qui d'autre l'aurait fait ? Et pour quelle raison ? Tous les deux, ils étaient en colère et quand on est en colère, on peut faire n'importe quoi, surtout quand on a bu, et qu'on n'en a pas trop l'habitude.

Grumel intervint :

– Il avait des enfants, Devaux ?

– Ça, je n'en sais fichtre rien. Je vous l'ai dit, il ne venait pas souvent ici.

– Rien d'autre à nous dire ?

– J'avais tout dit au commissaire à l'époque et si vous revenez dans dix ans, je vous tiendrai encore le même discours.

– On reviendra peut-être avant. Et gare à vous si vous avez oublié quelque chose.

Loison le regarda, hésitant.

– C'est que…

– Quoi donc ?

C'était que justement, il avait une chose à dire, qu'il n'avait pas dite à l'époque. Il était trop tard quand ça lui était revenu et ça lui avait paru sans importance. Et puis, il fallait l'excuser, mais les policiers, ils les avaient assez vus.

– C'est quand je les ai fichus dehors tous les deux. Il est tombé quelque chose de la poche de Devaux. Il s'est vite baissé pour le ramasser. C'était un pendentif, une belle croix qui avait l'air d'être en or, avec un brillant peut-être, j'ai vu comme un éclat. Je n'en ai jamais entendu parler par la suite. Alors moi, j'ai rien dit non plus.

– Et maintenant, vous êtes sûr de ne plus rien avoir à dire ?

– Sûr et certain.

– La croix, vous ne l'auriez pas empochée ?

Il leva la main et fit mine de cracher.

– Vous allez, dit Grumel, voir encore un peu ça avec l'inspecteur et lui dire aussi où il va pouvoir interroger vos deux clients, Brulon et le chiffonnier.

Il sortit, laissant Ragon s'expliquer avec le cabaretier. Il tourna rue de la Cité en direction de Saint-Séverin avec l'intention d'interroger le curé.

À l'entrée de l'église un petit homme en blouse grise garnissait de hautes bougies rouges une série de chandeliers posés sur une table.

– Hélas monsieur, répondit il à la question de Grumel, vous ne pourrez pas voir le père Fulbert ce matin. Il avait plusieurs visites à rendre. Je suis vraiment désolé.

Il souriait, l'air plutôt satisfait.

– Il faut prévenir. Il est très occupé.

Il lorgna sur ses chandeliers.

– Moi aussi, d'ailleurs.

– Vous êtes le bedeau ?

– Oui. Pas depuis longtemps.

– Vous avez connu M. Devaux, votre prédécesseur en quelque sorte ?

– Ah, le pauvre homme ! Je pense à lui bien souvent, sans le connaître. J'étais dans une autre paroisse avant. Quand il a été arrêté, c'est l'ancien bedeau qui a repris sa charge. Il était bien vieux, il n'avait plus toute sa tête. C'est lui que j'ai remplacé, depuis trois mois seulement.

– Quand pourrais-je voir le père Fulbert ?

– Je vous conseille de venir demain matin à l'église. Nous avons un baptême à onze heures. Il arrive toujours en avance. Il n'aura pas beaucoup de temps à vous consacrer, mais vous serez sûr de le voir. C'est à propos de Devaux que vous venez ? Vous êtes de la police peut-être ?

– Ça se voit ?

– Non, excusez-moi, mais c'est qu'un inspecteur est déjà venu nous demander de prévenir le commissariat si on avait des nouvelles de Devaux, alors je me demandais si, vous aussi…

– Je suis commissaire. Vous en avez, des nouvelles ?

– Moi, non. Il faudra demander au père Fulbert.

Il se tut, soudain plus circonspect.

10

– Nous arrivons au bout du travail de restauration des vitraux, dit Steinheil. Il n'y a aucune chance que la rosace de la façade soit restaurée dans deux mois, mais la dernière verrière doit être achevée et en place. Je compte sur vous. Avant de commencer le travail, je voudrais vous donner quelques mots d'explication.

Scassini et Tirard écoutaient le cartonnier avec attention. Ils se tenaient debout tous les trois autour d'une table devant la vitrine qui s'ouvrait sur le quai de la Grève.

Pour être près de son chantier de la Sainte-Chapelle, Lusson avait loué, pour la durée des travaux, ce rez-de-chaussée d'un vieil immeuble, près de l'Hôtel de Ville et il y avait installé son atelier. Par les bords de Seine et le pont au Change, le maître verrier disposait ainsi d'une liaison rapide et facile avec son lieu de travail et il gagnait du temps. Par le porche, on entrait dans une cour pavée où les chariots pouvaient manœuvrer. Des boutiques, disposées tout autour, avaient jadis accueilli des commerces divers. L'une servait maintenant d'entrepôt pour les cives[1]

1. Cives : disques obtenus par rotation du verre pendant le soufflage. Ils sont marqués de stries concentriques.

et les manchons[1] arrivés de la verrerie, une autre pour les panneaux en attente de restauration ou prêts à la pose et pour les pièces récupérées sur les vitraux déjà rénovés, une troisième, à l'écart, abritait les fours à moufles[2] où cuisaient les verres après peinture. La plus grande, un ancien magasin de vente, avec des vitrines sur le quai, était réservée aux peintres.

– Incendie au XVe siècle ou installation d'un buffet d'orgue plus tard, je ne sais pas, continuait Steinheil, mais le résultat est là : la verrière est très abîmée. Elle a été réparée avec des panneaux provenant d'autres vitraux. On a déjà vu ça sur les autres baies. On va donc éliminer pas moins d'une vingtaine de ces panneaux, étrangers au sujet du vitrail. Il traite, vous le savez maintenant, de l'histoire des reliques de la Passion et non pas de la vie de saint Louis, comme nous le pensions au début des travaux. Les panneaux conservés comportent des représentations de saint Louis, de son frère le comte d'Artois et d'une reine, sans doute Blanche de Castille. Elles ont été faites du vivant des personnages. Il est donc indispensable que les panneaux nouveaux qui vont être peints reproduisent ces figures aussi exactement que possible. J'insiste sur ce point. Des calques coloriés vont être établis qui devront vous guider. Pour l'instant, nous allons examiner quelques pièces anciennes à restaurer.

1. Manchons : verres soufflés en cylindre puis coupés aux deux extrémités et étendus pour former une plaque.

2. Moufles : vaisseaux de terre permettant d'exposer les verres à l'action du feu sans contact des flammes.

Les deux peintres se penchèrent vers le panneau à trois lobes dressé sur un châssis posé sur la table, tandis que le cartonnier poursuivait :

– Ce panneau est situé sur la deuxième lancette de la baie en partant de la gauche, à peu près à mi-hauteur. Il illustre la présentation des reliques au roi à Villeneuve-l'Archevêque. Comme vous le voyez, il est très abîmé. On y verra mieux dans un instant : le soleil va donner sur la vitrine.

Comme obéissant à ses ordres, un rayon fit irruption dans l'atelier, éclairant le bord gauche du vitrail.

– La scène est simple et lisible. À droite, un moine en robe blanche et cape lilas présente à saint Louis la couronne d'épines posée dans une caisse. Le roi, en vêtements de même couleur, s'incline. La couleur lilas est dégradée, la blanche un peu moins. Derrière le roi se tient un personnage en bleu puis encore derrière, un autre presque entièrement caché par la bordure rouge. La tête du roi et celle du moine peuvent être conservées, celle du personnage en bleu est à refaire. Pour les vêtements, je crains qu'on ne puisse garder que quelques morceaux.

Il pointa le doigt vers plusieurs endroits du panneau.

– Ceux-ci, je pense. Vous les retrouverez sur le calque où je les ai repérés.

– Pour les autres, on devrait trouver dans les réserves des pièces de remplacement et les tailler, dit Tirard.

– Il vaudrait mieux en peindre de nouvelles, répliqua Scassini.

– C'est plus long.

– On verra, coupa Steinheil. Placez l'autre scène.

Les deux peintres débarrassèrent le châssis, posèrent le panneau à côté sur la table et en sortirent un autre du caisson appuyé au mur. Ils l'installèrent.

– C'est un panneau trilobé comme le précédent, placé juste au-dessous mais inversé. Il a quelques centimètres de moins en hauteur, il a été coupé à la base.

– Quel est le sujet ? demanda Tirard.

– C'est clair, dit Scassini. Le transport des reliques.

Le cartonnier le regarda, étonné de son ton agacé.

– C'est ça. L'homme en tunique rouge, culotte jaune, chapeau vert, est un convoyeur. Il mène par la bride le cheval blanc chargé de la caisse contenant les reliques. En haut à droite, un aide vêtu en lilas et coiffé de rouge veille sur le chargement. Des arbres verts et rouges bordent la route. Le vitrail est en bon état. La tunique du convoyeur et l'amorce de son bras sont à reprendre ainsi que quelques parties au fond. C'est tout.

– Ce ne sera pas long, dit Tirard.

– Ça dépend du soin qu'on y met, grommela Scassini.

– Calmez-vous, tous les deux. Prenez un relevé chacun et préparez une maquette.

– Je te laisse celui-ci, Alfredo. Tu auras tout ton temps pour le soigner.

– C'est bon comme ça, dit Steinheil. Au travail.

11

Dès l'entrée de Grumel, le père Fulbert avait chassé les deux enfants de chœur de la sacristie.

– Finissez de vous habiller derrière l'autel et attendez-moi dans le chœur.

Il acheva de passer sa chasuble, tapota le lourd vêtement brodé pour le mettre en place puis se tourna vers son visiteur.

– On m'avait annoncé votre venue ce matin, commissaire. Comme vous le savez, j'ai peu de temps. Dites-moi ce qui me vaut l'honneur de votre visite.

Au lieu de s'approcher, il se recula d'un pas pour s'appuyer au meuble à grands tiroirs où devaient être rangés les habits sacerdotaux. Il était âgé, ses cheveux blancs brillaient sous la lumière dansante des deux cierges posés derrière lui. Ses joues, à peine flétries, étaient roses et soigneusement rasées.

– À vrai dire, je le devine. On en parle dans la paroisse ; disons plutôt, dans le quartier, car l'église ne se mêle pas de ragots. Vous pourchassez ce malheureux Devaux, mon ancien bedeau. Et vous voulez savoir si je le cache dans mon église ou dans mon humble presbytère.

Le curé écarta les bras, tendit ses deux mains devant lui, les paumes tournées vers le commissaire.

– Tout vous est ouvert.

Grumel eut une curieuse sensation. La voix, la formule, la posture même du prêtre lui semblaient familières. Une dignité bonhomme et humble, en apparence. Pourtant il était sûr de ne l'avoir jamais vu. Il exhale l'onction, se dit Grumel. Comme beaucoup de prêtres.

– Inutile. Je veux que vous me parliez de lui. Vous le connaissez bien.

Il s'exclama. S'il le connaissait bien ! Devaux avait été cinq ans bedeau dans son église, de 1848 jusqu'à… ce drame. Alors oui, il pouvait dire qu'il le connaissait.

– Mais deux ans de bagne ça vous change un homme. Une dure épreuve, rédemptrice, peut-être. Pour certains oui, corruptrice pour d'autres.

– Comment avez-vous été amené à lui confier la charge de bedeau ?

Le curé se redressa, s'écarta du meuble.

– L'homme n'était pas sans défauts. Intelligent certes et sensible, mais instable. Il avait eu de mauvaises fréquentations dans sa jeunesse. Il s'était assagi après son mariage, sa femme était très dévote et elle avait eu une bonne influence sur lui. Quand elle est morte, en 1838, à la naissance de leur fille, il a été comme foudroyé.

Grumel le coupa :

– Il a donc une fille ?

– Oui, qui approche de ses dix-huit ans. Je vais vous en parler. À ce moment-là, il s'est éloigné de l'Église, il a été repris par ses vieux démons, ses démons de jeunesse je devrais dire, il a fréquenté de mauvaises femmes et il ne s'occupait pas de sa fille. Il l'avait mise chez une nourrice qui a continué à l'élever jusqu'à l'âge de huit ans. Tout a changé à nouveau en 1845 quand il est venu s'installer rue Serpente dans la boutique de son oncle, après son héritage. Il a développé son atelier de tailleur et de costumier pour les théâtres. Je peux me flatter d'avoir été pour quelque chose dans sa nouvelle conduite ; je l'ai ramené à la pratique religieuse. J'avais alors un bedeau âgé qui peinait à remplir sa tâche. Ils se sont partagé la fonction et, avec mon aide, Devaux a rapidement pris la meilleure part.

Le prêtre se balançait d'un pied sur l'autre, feignant d'être embarrassé d'avoir à parler de lui. À nouveau, le commissaire ressentit cette impression de déjà-vu, de discours ou de gestes connus.

– Je l'ai convaincu de s'intéresser à sa fille. Il l'a reprise chez lui et, quand elle en a eu l'âge, il l'a placée, sur mes conseils, à l'école des sœurs de la rue Galande. C'est un peu coûteux, mais on y dispense une excellente éducation. Je crois qu'il gagnait bien sa vie avec son échoppe.

– Elle ne paye pourtant pas de mine.

– Certes mais il y avait, je crois, un bon fonds de clientèle qu'il a fait prospérer.

La porte de la sacristie s'ouvrit. C'était le bedeau qui chuchota :

– Il est bientôt onze heures, mon père.

– Ils sont là ?

– Oui.

– Faites-les patienter.

La porte refermée, il reprit :

– Jusqu'à ce drame, je n'avais pas eu à regretter ce que j'avais fait.

– Vous le croyez coupable ?

– Je n'ai pas, fort heureusement, à me prononcer. La justice des hommes a tranché. Dieu sait ce qu'il en est.

– Pourquoi a-t-il tué ? S'est-il confessé à vous ?

– S'il l'avait fait, je ne vous en dirais rien. En prison, je ne lui ai rendu visite qu'une fois, il avait son confesseur qui ne vous dira rien non plus. Je n'exclus pas que la mystérieuse querelle qu'il a eue avec Brunoy, qui était protestant, ait porté sur une question religieuse. Devaux était un passionné de liturgie et des saintes Écritures.

– Je sais, dit Grumel.

– Messieurs, je vais devoir vous quitter.

Il sourit.

– Ou plutôt c'est vous qui allez devoir me laisser. Je dois accomplir ma tâche.

– Vous deviez me parler de la fille de Devaux.

– Elle s'appelle Marguerite. Vous pouvez aller voir de ma part la mère supérieure de la Sainte-Croix, rue Galande. Elle connaît son ancienne élève beaucoup mieux que moi et en pense beaucoup de bien. Elle aurait aimé l'attirer dans son ordre. Hélas, il n'en sera rien. Elle a dû quitter l'école après le drame. La fille d'un assassin, n'est-ce pas ?

– Qu'est-elle devenue ?

– Sa vieille nourrice, celle qui l'a élevée jusqu'à huit ans, l'a recueillie.

– Où habitent-elles ?

– Rue Saint-André-des-Arts. Mme Raymonde Bergeron est brodeuse. Elle travaille chez elle, au coin de la rue de l'Éperon, au-dessus d'une boutique d'apothicaire. Vous allez les interroger ?

– Sans doute.

– Ménagez-les. Leur situation est délicate.

– Une question encore. Pourquoi d'après vous s'est-il échappé du bagne ?

– L'endroit n'est pas de ceux où l'on prend plaisir à séjourner.

– Il veut se venger, peut-être, s'il a été condamné à tort.

– Je prierai pour que Dieu le préserve de ce péché.

Le curé s'avança d'un pas et tendit le bras vers la porte en se courbant légèrement.

Pour le commissaire, ce fut comme si les cierges qui brillaient derrière le père Fulbert venaient tout à coup de s'allumer et de projeter leur lumière dans son esprit. Il comprit pourquoi cette voix, ces gestes, ces formules mêmes du prêtre lui semblaient familières. Elles étaient celles, à s'y méprendre, du faux curé de Montigny, alias Devaux, qui l'avait berné à Saint-Lazare. Ce sacré bagnard, quand il l'interrogeait dans son bureau, se jouait de lui en imitant Fulbert ! Et avec quel talent !

Il ressentit un pincement de dépit au creux de l'estomac. Il s'était bien fait avoir ce jour-là. Une fois de plus il se jura d'attraper ce bedeau de malheur, quitte à y passer tout son temps.

12

Albert Devaux n'eut aucune peine à crocheter la porte. Elle grinça, comme il s'y attendait. Il ne s'en soucia pas. Personne n'habitait dans la masure qui donnait sur la rue Percée et qui servait depuis des années de réserve à outils et de débarras. La maison, au fond du jardin, était trop loin pour que le bruit réveille ses occupants, qui d'ailleurs, à minuit, devaient être en plein sommeil : aucune lumière ne filtrait entre les planches des volets ; les Cruchot avaient toujours été des couche-tôt. Quant à l'inspecteur qui assurait la planque au coin de la rue de la Harpe et de la rue des Noyers, il était trop loin pour entendre un grincement de porte.

Devaux marcha sans précaution dans les herbes folles qui étouffaient ses pas. Il traversa le jardin et, en quelques enjambées, il fut au pied du mur qui séparait sa cour de la maison des voisins. Il faisait nuit noire mais il n'avait pas besoin d'y voir. Le mur faisait à peine deux mètres et il savait où il allait l'escalader. Il avança en palpant les pierres et retrouva facilement son passage, celui qu'il avait pratiqué jadis quand il ne voulait pas qu'on le voie rentrer dans sa boutique à des heures suspectes : deux ou trois creux entre les pierres où mettre les pieds et les mains. Il se hissa jusqu'à la rangée de tuiles qui couvrait le faîte et s'y allongea. Il constata avec dépit que sa petite escalade lui avait coupé le souffle. Un point de douleur lui perçait la poitrine. Il ne put réprimer une quinte de toux. Quand elle fut calmée, il entreprit de descendre. C'était plus facile, il avait lui-même aménagé les trous nécessaires dans le mur. Il retrouva ses gestes anciens et fut dans sa cour sans même avoir à sauter.

Il ouvrit la porte de sa maison avec la clé qu'il avait récupérée lors de son bref passage le lundi précédent, après son aventure de la gare Saint-Lazare. Il sourit en pensant au commissaire qui l'avait pris pour un vrai curé et aux inspecteurs qui, maintenant, se relayaient en vain devant sa boutique. Il n'avait pas perdu la main. Son sourire se figea quand il songea aux jours difficiles qui l'attendaient et à ce qui lui restait à faire. S'il en avait le temps.

Dans la cuisine, il sortit de sa poche une bougie qu'il alluma de son briquet d'amadou. Il la posa sur la table. Personne, de ce côté, ne pouvait voir la lumière. Dans l'obscurité, il gagna sa boutique qui était aussi son atelier. Les volets sur la rue étaient fermés, mais la lueur de la lampe pouvait filtrer par les interstices des planches. Il tira le rideau qui lui servait le jour à dissimuler la pièce aux regards des passants et revint chercher sa bougie.

Lors de sa première visite, il ne s'était pas attardé. Il lui avait fallu se déguiser à la hâte, retrouver des postiches qui n'avaient pas intéressé la police, fourrer quelques costumes dans un sac et filer avant que sa maison soit surveillée. Il n'avait pas prêté attention à l'odeur qui maintenant le frappait. Ce n'était plus celle qu'il avait connue. Des relents d'humidité froide l'avaient envahie, des effluves de vieux chiffons couvraient les chaudes fragrances de draps qui emplissaient sa boutique quand elle vivait, quand il y travaillait. Un temps révolu.

Il examina la pièce que la lueur dansante de la bougie éclairait faiblement. Sur la grande table au centre de la salle, des pièces de tissus, des vêtements finis, des costumes de théâtre, avaient été jetés en vrac quand la police avait vidé les placards et les étagères. Des doublures, ganses, rubans, galons s'y mêlaient en désordre avec ses ciseaux, son mètre et ses craies. Il sentit craquer sous ses pas les boutons répandus sur le parquet. Sur un mannequin de bois, une veste de hussard auquel manquaient les manches lui arracha une pensée mélancolique : un uniforme sur lequel il travaillait quand il avait été arrêté et qui ne verrait jamais la scène du théâtre du Luxembourg.

Il approcha un tabouret et s'assit devant sa table de travail. Il dégagea un peu de place, posa sa bougie, souffla pour chasser la poussière, prit un morceau de drap bleu qu'il déplissa et étala devant lui et, saisissant une craie, traça le profil d'un revers. Il prit ensuite une paire de ciseaux et commença à découper le tissu. Les lames étaient émoussées, le drap s'effilochait. Il persista puis reposa la pièce et son outil en soupirant. Il chercha sur la table le rasoir de barbier qui lui servait à couper les draps épais, le mit dans sa poche et se leva. Quelques costumes étaient restés suspendus dans un placard. Il décrocha une robe de soubrette, noire, avec de longues manches serrées aux poignets par un lacet et un col blanc, jauni comme le tablier assorti. Il l'examina longtemps avant de la remettre sur son cintre. Il fit de même avec une redingote de fantaisie. Il continua en tournant dans la pièce, soulevant des objets puis les abandonnant, rêveur. La bougie à la main, dressée au-dessus de sa tête, il se contempla un moment dans le grand miroir sur pied posé à côté de la fenêtre.

Il portait la tenue de travail qu'il avait déjà revêtue lors de sa visite clandestine à sa boutique juste après avoir échappé à la police, gare Saint-Lazare : un pantalon de toile et une blouse grise, un costume de théâtre terminé que son arrestation ne lui avait pas permis de livrer. La coupe était bonne, il aurait pu tout à fait lui aller, s'il n'avait pas tant maigri. Il esquissa un sourire mélancolique : alors, c'était le bon temps, il travaillait et Marguerite égayait sa vie. Belle et sage, elle recevait chez les sœurs l'instruction et l'éducation qu'elle méritait, dont cette stupide bagarre avec Brunoy l'avait privée.

La flamme dansante de la bougie projetait des ombres sur son visage, cachant et dévoilant tour à tour ses pommettes saillantes et ses joues creuses et faisant briller ses yeux comme les prunelles d'un chat. Il ne se reconnaissait pas. Il n'était plus le tailleur habile, estimé, le bedeau sérieux et solennel de Saint-Séverin : il était un bagnard en fuite, tuberculeux et fragile.

Il abaissa la main qui tenait la bougie ; dans la glace son visage s'estompa. Il tourna le dos à son reflet, se dit qu'il avait encore des cartes à jouer et quitta la pièce pour gagner son arrière-boutique.

Les murs étaient garnis d'étagères où s'entassaient des tissus que la police avait remués mais laissés en place. Posant sa bougie sur le plancher, il sortit un tournevis d'un tiroir et s'agenouilla au pied de la cloison séparant la pièce de sa boutique. Avec l'outil, il souleva avec soin une lame du plancher puis une autre, dégageant une cavité d'où il sortit une cassette qu'il soupesa. Après avoir remis les deux lames en place, il chercha un sac où il la glissa sans l'ouvrir. Revenu dans sa boutique, il éteignit sa bougie, sortit, ferma sa porte et traversa sa cour vers le mur.

Quand il sauta dans le jardin des Cruchot, il entendit avec plaisir des objets métalliques tinter dans son sac.

13

Rue Saint-André-des-Arts l'officine de l'apothicaire dont lui avait parlé le père Fulbert ne passait pas inaperçue. L'enseigne en bois peint qui la signalait – un homme en noir au chapeau pointu tenant une cornue – attirait le regard et dans les deux vitrines des gravures anatomiques rehaussées de couleurs criardes et de grands bocaux remplis d'huiles, d'alcools et de liqueurs aux reflets chatoyants sollicitaient l'attention du passant. Sur le côté, le large porche en paraissait discret. À droite dans la cour, la petite loge de la concierge était comme écrasée par les trois étages de l'immeuble.

La femme qui en sortit au bruit des pas du commissaire était alerte et enjouée.

– Vous cherchez qui, monsieur ?

– Mme Bergeron.

– Troisième étage à droite. L'escalier est derrière vous.

Comme il se retournait, elle ajouta :

– Vous pouvez monter, elle est chez elle. La petite aussi.

Elle rentra dans sa loge en chantonnant.

Au bas de l'escalier Grumel s'arrêta pour examiner les lieux. Il demanderait dès ce soir à Ragon un homme de plus pour surveiller. L'inspecteur allait encore lui dire que ça ne servait à rien, qu'il n'avait personne sous la main et que le divisionnaire ne les aiderait pas, malgré ses promesses. D'ailleurs, le commissaire du quartier devait, lui aussi, manquer d'effectifs ; il n'avait pas de guetteur dans la rue ou alors, il était bien caché.

Il abordait les marches quand il entendit un bruit de pas sous le porche. Il se retourna tout en se dissimulant dans l'ombre de l'escalier. Un homme venait de franchir le seuil. Sous la voûte, on le voyait mal. Grumel le laissa s'approcher. Veste et pantalon de coutil, une casquette de drap, ce devait être un artisan, un serrurier ou un plombier à en juger par la sacoche qu'il portait à l'épaule, en cuir usagé avec une grande éraflure en V sur le flanc et une courroie qui s'effilochait. Planté au milieu de la cour, l'homme leva la tête vers les étages. Il portait une épaisse moustache noire tombante. Quand il reprit sa marche, il découvrit le commissaire et leurs regards se croisèrent. Ce fut comme si un éclair jaillissait entre les deux hommes : Grumel sut qu'il avait devant lui son faux curé de la gare Saint-Lazare et Devaux, à l'instant même, reconnut le commissaire qui l'avait interrogé. Le bagnard se rua sous le porche et s'enfuit, la sacoche lui battant les flancs. Grumel bondit derrière lui. Quand il sortit de l'immeuble, le fuyard avait déjà tourné le coin de la rue de l'Éperon et on entendait le bruit de sa galopade sur les pavés. Il avait sans doute au passage bousculé les curieux plantés devant les vitrines de l'apothicaire ; un homme était tombé à terre. Le commissaire contourna le groupe qui le relevait et quand il déboucha dans la rue de l'Éperon, Devaux avait disparu.

La galopade avait été brève, le fugitif n'avait pu se réfugier que dans un des immeubles les plus proches. Dans une vieille maison à droite, une porte béante dévoilait un corridor étroit. Grumel s'y engagea sans hésiter. Il n'était éclairé que par la faible lumière du jour venant d'une cour que l'on apercevait au fond. Les portes qui le bordaient étaient toutes fermées. Il crut entendre au bout du couloir un bruit de respiration précipitée. Il s'arrêta au seuil de la courette et avança la tête pour l'inspecter. Un coup violent le frappa à la tempe. Il tomba, son front heurta le sol. Il vit Devaux sauter au-dessus de lui, il l'entendit courir dans le couloir. Il eut le temps de le maudire puis il perdit connaissance.

14

– Ne bougez pas, je vais vous aider à vous redresser.

Grumel ouvrit les yeux. Il était couché sur le dos et il ne voyait au-dessus de lui que des voiles blanchâtres qui battaient doucement, comme des ailes d'ange. Il tourna la tête, une violente douleur lui traversa le crâne.

– Laissez-moi faire.

La voix était féminine et agréable. Deux mains se glissaient sous ses bras pour l'aider à s'asseoir. Le voile autour de lui parut s'écarter. La tête lui tournait. Il lui semblait qu'un nuage de brume l'entourait et le berçait.

– Regardez-nous. Vous nous voyez ?

Le brouillard se dissipait peu à peu. Deux sœurs entouraient son lit, leurs vastes cornettes blanches penchées vers lui.

– Oui, je vous vois. Où suis-je ? Qu'est-ce qui m'est arrivé ?

– Un coup sur la tête ou plutôt deux. Vous êtes à l'Hôtel-Dieu. Restez calme. Votre inspecteur vous expliquera.

– Ragon ?

– Oui. Il est venu hier soir. Vous le verrez tout à l'heure. Maintenant vous allez essayer de boire ce bouillon. Ne touchez pas votre pansement.

Il prit le bol qu'on lui tendait. Les religieuses s'éloignèrent le laissant seul avec sa tête douloureuse et vide.

Ragon se laissa tomber sur un tabouret à côté du lit, essoufflé, les joues rouges. Il apportait avec lui un air du dehors, une odeur de printemps déjà.

– J'ai fait aussi vite que j'ai pu. J'étais chez Beslay. Il voulait avoir de vos nouvelles dès ce matin.

– Vous pourriez m'en donner à moi aussi.

– Pardon ?

– Des nouvelles. Ce qui s'est passé. Je ne me souviens plus.

– Ça va vous revenir, monsieur. Vous allez déjà mieux qu'hier soir.

– Racontez-moi, nom d'un chien !

– C'est un locataire qui vous a retrouvé évanoui dans la cour d'une maison rue de l'Éperon. Assommé par un coup sur la tempe, sans doute un coup de matraque ou de sachet de sable, d'après le médecin que j'ai vu ici. D'après lui, ce n'est pas ça qui vous a fait le plus de mal. Vous êtes tombé sur une borne à la sortie du couloir qui a fini de vous estourbir.

– Votre langage n'est pas très médical.

– C'est aussi ce que m'a dit le divisionnaire. Le locataire a prévenu les sergents de ville. Ils vous ont conduit ici.

Il montra la grande salle voûtée, les lits alignés, les corps allongés et les sœurs qui circulaient sans bruit dans les allées.

– Vous avez été soigné tout de suite.

– C'était quand ?

– Hier, à la fin de la matinée. Beslay voulait savoir ce que vous faisiez là-bas. Je lui ai dit que vous aviez peut-être repéré Devaux et qu'il se pourrait bien que ce soit lui qui vous ait agressé. Mais vous êtes tout pâle.

– Attendez. Ne me dites rien. Tout me revient.

Ragon se tut. Le commissaire cala sous ses reins le sac bourré de crin qui lui servait d'oreiller, appuya sur le mur derrière son lit sa tête ensevelie sous son lourd pansement et ferma les yeux.

Il les rouvrit au bout de quelques instants et reprit d'une voix plus ferme :

– C'est tout à fait ça, Ragon. J'allais voir Marguerite et sa vieille nourrice chez elles, rue Saint-André-des-Arts.

Devant l'air étonné de Ragon, il s'expliqua : sa visite au curé de Saint-Séverin, ses confidences, sa décision d'aller tout de suite chez Raymonde Bergeron, sa rencontre avec Devaux.

– Je l'ai reconnu et poursuivi et après je ne sais plus. Un trou noir.

– Devaux devait vous attendre dans la cour avec un petit sac rempli de sable, une arme de voyou, très efficace.

Grumel leva la main vers son pansement.

– Il était déguisé encore, comme à la gare, comme chez Hilaire. En plombier ou serrurier cette fois, avec de grosses moustaches.

– Il était costumier, monsieur.

– Je sais. Où se cache-t-il, avec ses habits et ses postiches ? Je suis sûr qu'il n'est pas loin, dans un recoin obscur de la Cité. Un nid à rats ce quartier !

– J'ai appris, dit Ragon, que la boutique de Devaux allait être démolie avec un bon bout de la rue de la Harpe pour faire un grand boulevard qui prolongera celui de Sébastopol.

– Ça ne le gênera pas. Il n'est pas près de rouvrir son atelier.

Grumel s'agita.

– Je voudrais savoir quand je vais sortir d'ici.

– Demain, d'après le docteur. En gardant le pansement.

– On verra ça. Parlez-moi de vos découvertes.

– Comme vous me l'avez demandé, j'ai cherché à retrouver des témoins de la bagarre et du meurtre de Brunoy. J'ai vu Brulon, le savetier, et le vieux Moreau, le chiffonnier. Sur la bagarre, ils ne m'ont rien dit de plus. Pour le crime, ils sont bien arrivés les premiers sur les lieux. Brulon a découvert le corps du bijoutier sur le pavé, égorgé, plein de sang. Devaux avait disparu. Tout ça, on le sait, il l'a dit aux sergents de ville. Le père Moreau, lui, il se trouve que je le connais, une vieille histoire de chapardage. Il a répondu à la police parce qu'il ne pouvait pas faire autrement et il s'est éclipsé dès qu'il a pu. À moi, il a bien voulu en confier un peu plus, en le secouant. Pour lui le corps de Brunoy a été remué.

– Transporté ?

– Juste traîné sur deux mètres à peu près et placé dans une posture bizarre. Devaux a dit que dans la bagarre il avait le dessous, Brunoy était sur lui et l'écrasait de son poids en essayant de l'étrangler ; le meurtrier est arrivé et l'a retourné sur le dos pour l'égorger. Quand Moreau a vu le cadavre, il était sur le ventre et il y avait des traces sur le sol comme si on l'avait retourné à nouveau et tiré.

– Le meurtrier, que ce soit Devaux ou le mystérieux troisième homme, a peut-être voulu le dissimuler derrière les étals du marché aux fleurs ?

– Au contraire, le corps était plus visible à l'endroit où il a été traîné.

– Laissons tomber pour l'instant. Vous avez vu d'autres témoins ?

– J'ai interrogé des voisins, des clients de Loison, mais je n'ai rien recueilli d'intéressant. J'ai rencontré le frère de Brunoy, qui travaillait avec lui et qui continue son commerce de bijouterie. Il ne pratique plus le prêt sur gage qui, dit-il, leur faisait du tort. Il prétend ignorer pourquoi Devaux et son frère se battaient.

– Il faut garder un œil sur lui. Et que le commissaire de la Sorbonne mette un homme devant la maison de Raymonde Bergeron. J'y tiens.

– Tous nos hommes sont pris ou vont l'être, monsieur. Il y a, de nouveau, des craintes d'attentat. Comme l'Empereur a le projet de venir voir l'avancement des travaux de la Sainte-Chapelle, sa police particulière sera mardi sur le chantier pour étudier les mesures de protection à prendre. Beslay veut que vous y soyez. Je crois que c'est un ordre.

– On n'a rien à y voir.

– C'est Devaux qui l'inquiète, à se promener à l'aise dans la Cité.

– À l'aise, n'exagérons pas. Raison de plus pour y mettre fin.

– Entendu, monsieur. Au fait, Louvain va venir vous voir.

– Qu'est-ce qu'il veut ?

– Vous proposer d'unir nos forces. Se partager les planques devant la boutique du bagnard.

– Pourquoi pas.

– Je vous dis que je suis la fiancée du commissaire Grumel. Je m'appelle Isabelle de Forgeac. Dites-lui que je suis là. Il faut que je le voie.

Dans le vestibule, Ragon se retourna sur la jeune femme brune et élégante qui s'énervait. L'huissier paraissait désolé de la contrarier.

– C'est que les malades ne reçoivent pas de visites le matin.

– Je vous en prie. Je ne resterai qu'un instant. Juste le voir pour rassurer sa mère.

– Allez-y et faites vite.

Elle le récompensa d'un sourire dont Ragon aurait bien voulu sa part.

Au seuil de la salle commune, elle hésita. Sa fine silhouette se dessinait dans l'embrasure de la porte tandis que, dressée sur la pointe des pieds, elle tournait la tête et le buste à droite et à gauche, cherchant le commissaire. Les basques de sa veste de velours noir s'évasaient autour de sa taille au rythme du léger balancement de ses hanches. Le petit sac en résille enveloppant le chignon serré de ses cheveux caressait son cou blanc haut et dégagé. Ragon se dit qu'elle devait être danseuse et il s'avança.

– Vous cherchez le commissaire, mademoiselle ?

– Vous le connaissez ?

– Je travaille avec lui. Je vais vous conduire, si vous le permettez.

Il eut droit au sourire qu'il attendait.

– Merci. Vous êtes très aimable.

Elle avait une voix chaude, qu'elle modulait. Une actrice, une chanteuse, peut-être ?

Elle était plus grande que lui et elle semblait glisser sur le parquet grossier et délavé de la salle. Marchant à ses côtés dans les allées, il se sentit pataud et maladroit.

À quelques pas du lit du commissaire, il s'arrêta.

– Vous le voyez là-bas, avec ce gros bandeau sur la tête ? Je vous laisse.

Elle posa sur lui un regard bleu qu'il trouva empli de douceur.

– Vous êtes charmant, dit-elle.

Il ne se retourna pas. Dehors, comme il traversait le Marché neuf, sa voix chantait encore dans ses oreilles.

15

La concierge enjouée avait tout de suite reconnu Grumel. Elle jeta un coup d'œil sur son pansement. Il lui ceignait le crâne mais dépassait à peine de son melon bien enfoncé. Il la sentit prête à lui poser une question qu'elle préféra pour l'instant garder pour elle.

– Vous pouvez monter, monsieur le commissaire, Mme Bergeron est là.

Elle savait tout sans doute, l'incident avait dû faire le tour du quartier. Il avait eu au moins l'avantage qu'hier Louvain lui avait proposé de partager les planques rue Serpente entre leurs inspecteurs.

L'allure de la femme qui lui ouvrit la porte l'étonna. Petite et mince, une quarantaine bien portée, alors qu'il l'imaginait âgée et plantureuse. Une idée qu'il s'était faite parce que le père Fulbert avait parlé de la « vieille nourrice » de Marguerite. Avec sa robe noire bien ajustée et son chignon serré, elle avait plutôt l'air d'une gouvernante, pas trop sévère. Elle détourna le regard de son pansement quand il leva son chapeau et elle attendit, paisible, qu'il se présentât. Il le fit, persuadé qu'elle savait déjà qui il était.

Elle l'invita à entrer et à s'asseoir. Ils prirent place devant la table chargée de lingerie et de tissus brodés et il exposa le motif de sa visite.

– Je suis venu hier et j'ai rencontré Devaux, une rencontre brutale.

– Ah, c'était vous. J'en ai entendu parler.

Elle ne semblait ni étonnée, ni troublée.

– Après son coup d'éclat, je pense qu'il n'est pas venu vous voir.

– Je n'ai pas vu M. Devaux depuis qu'il a quitté le dépôt de Bicêtre où j'ai pu lui rendre visite deux fois avant qu'il soit emmené à Brest.

– Sa fille vous accompagnait ?

– Oui, elle habite avec moi depuis qu'il a été arrêté.

– Elle n'est pas là ?

– Elle est sortie faire des courses.

Raymonde était calme mais sur ses gardes, attendant ses questions, réfléchissant avant de lui répondre avec des phrases précises et sans détour.

– Oui, à la mort de Jeanne, sa femme, il m'avait confié Marguerite. Il était désespéré, il n'avait plus de goût à rien.

– Pourquoi à vous ?

– J'étais une amie de Jeanne. Quand j'étais jeune, j'ai habité faubourg du Temple.

Elle confirma ce que lui avait dit le curé de Saint-Séverin : Marguerite était revenue chez son père quand il s'était installé rue Serpente et chez elle à nouveau quand il avait été arrêté.

– Vous êtes mariée ?

– Je l'ai été.

– Veuve ?

– Il est parti. Il y a des années. Je ne sais même pas où il est.

Elle n'avait pas eu d'enfant. Elle ne se plaignait pas. Marguerite, c'était comme sa fille.

– Que va-t-elle devenir ?

– Je lui apprends mon métier, la broderie.

Elle saisit sur la table une nappe brodée et la déplia.

– C'est elle qui l'a faite. Elle est habile et vaillante.

Elle aussi devait être vaillante. Sous son calme, on sentait la force et la volonté. Grumel prenait plaisir à l'écouter. Et à la regarder : de beaux yeux noirs, une bouche joliment dessinée et des traits encore très agréables où les rides venaient adoucir ce que son visage avait d'un peu rude. Il se demanda si le père de Marguerite avait été sensible à son charme.

– Ça vous a fait mal ?

Il sursauta.

– De quoi parlez-vous ?

– Du coup sur votre tête.

– J'ai eu des blessures plus graves.

– Il ne faut pas en vouloir à Albert.

Elle ne rougit pas, mais il la sentit gênée.

– M. Devaux, je veux dire. Je le connais depuis si longtemps que… Il est traqué et il voulait voir sa fille.

– Et vous voir, vous aussi ?

Pour la première fois, il la vit se troubler.

– Oh, moi !

– Vous n'êtes pas sa maîtresse ?

– Oh, Grand Dieu non.

Elle se leva, fit quelques pas dans la pièce encombrée de meubles couverts de lingerie, les bras croisés sur la poitrine, l'air contrarié puis elle vint se rasseoir devant le commissaire.

– Je ne l'avais jamais beaucoup rencontré quand sa femme vivait et après, quand il m'eut confié Marguerite, il ne venait jamais ici. Vous pouvez demander à la concierge. Il en voulait à sa fille d'avoir causé la mort de Jeanne. Quand il l'a reprise, j'allais la voir souvent, chez lui. Mais il n'avait pas de raison de venir me voir.

Ses yeux brillèrent.

– Nous nous aimons bien tous les trois.

– Malgré ce qu'il a fait ?

– Albert n'a pas tué, j'en suis sûre.

Le commissaire mit le doigt sur son pansement.

– Il est violent, j'en sais quelque chose.

– Il ne l'était pas. C'est vous qui le rendez violent et vous finirez par le tuer. Il est malade, la phtisie, et ça n'a pas dû s'arranger au bagne.

Grumel se leva.

– Je reviendrai voir Marguerite.

– Si vous voulez.

Elle referma doucement la porte derrière lui.

La concierge balayait la cour. Elle l'arrêta.

– Je suis navrée de ce qui vous est arrivé.

– Laissez, ce n'est rien.

Elle comprit à son ton qu'il valait mieux ne pas insister, mais elle avait envie de parler.

– Raymonde et Marguerite, je les connais bien toutes les deux. De braves femmes. J'étais déjà concierge ici quand elle est venue toute petite chez Mme Bergeron.

– Vous connaissez M. Devaux ?

– Le bagnard dont on parle ? Non. Je ne l'ai jamais vu ici. Il a de la chance que Mme Bergeron s'occupe de sa fille et lui apprenne son métier. Même s'il y a des gens que ça défrise qu'elle s'occupe de la fille d'un criminel.

– Qui, ses voisins ?

– Bien sûr, dans l'immeuble. Et puis son beau-frère qui n'arrête pas de l'embêter pour qu'elle se débarrasse de Marguerite. « C'est pour la considération », qu'il dit.

– Son beau-frère ?

– Le mari de la sœur à Mme Bergeron, M. Hilaire, le menuisier de la rue des Carmes. Parce qu'elle n'a plus de mari, il veut se mêler de ses affaires, mais Raymonde elle ne se laisse pas faire.

– Elle a bien raison, dit Grumel. Excusez-moi, je suis pressé.

Hilaire qui prétendait n'avoir jamais vu la fille de Devaux, ignorer même qu'il en avait une ! Un quart d'heure plus tard, le commissaire était rue des Carmes, attrapait le menuisier par le col et le sortait de son atelier. Il était hors de lui ; Hilaire ne se débattit même pas, se contentant de protester :

– Qu'est-ce qui vous arrive ? Qu'est-ce que j'ai fait ?

– Marguerite vit chez ta belle-sœur, ça te fâche, tu voudrais que ça cesse et tu prétends que tu ne la connais pas et que tu ne l'as jamais vue. C'est bien ce que tu m'as dit ?

Le menuisier comprit que ce n'était plus le moment de dissimuler.

– On n'aime pas raconter ses histoires de famille à tout le monde.

– Je ne suis pas tout le monde, je suis la police. Devaux est un criminel en fuite. S'il est venu te voir, ce n'était pas pour que tu le caches. Pourquoi est-il venu ?

– Il était passé chez Raymonde avant. Il n'y avait personne et la concierge n'était pas là pour le renseigner. Alors, il est venu me voir, il était inquiet, il voulait savoir où elles étaient, Raymonde et sa fille. Il ne voulait pas se réfugier chez elles. Il voulait juste les voir, c'est ce qu'il m'a dit.

– Pourquoi vous êtes-vous disputés ?

– Parce que je lui ai dit de laisser Raymonde tranquille. Ça ne me plaît pas que la fille d'un criminel habite chez elle.

– C'est pour cela que tu l'as dénoncé.

Il cracha par terre.

– Sa place est au bagne et il ne va pas tarder à la retrouver.

– Et la tienne pourrait bien être la prison, si tu continues à nous mentir !

16

– Que veut l'Empereur, à la fin ? Visiter un chantier ou un cimetière ?

Lassus s'était arrêté au bas de l'escalier qui conduisait à la chapelle haute, bloquant l'avancée de la dizaine d'hommes qui participait à l'inspection des lieux : Clamart, le délégué de l'Empereur, chargé de sa sécurité – ainsi s'était-il présenté – avec son adjoint, les responsables des différents corps de bâtiment œuvrant à la Sainte-Chapelle, Louvain le commissaire du quartier Notre-Dame et Victor Grumel, sur l'ordre de Beslay, se demandant, de forte méchante humeur, ce qu'il faisait là. Certes Devaux était un danger en puissance, mais il n'était sans doute pas dans ses projets d'attenter à la vie du souverain. Quant à repérer parmi les travailleurs des individus ayant déjà eu affaire au service de surveillance des chemins de fer, le commissaire, avec ses trois semaines d'ancienneté, était plutôt mal placé pour le faire.

– Calmez-vous, monsieur l'architecte, dit Clamart, et laissez-moi vous expliquer. Je suis ici pour préparer la sécurité de sa visite. Je vous demande de m'y aider.

Il s'efforçait de conserver son calme. Ce n'était pas tout à fait le cas de l'architecte.

– Nom d'un chien, sur mon chantier, il y a des hommes qui travaillent ! Beaucoup d'hommes, il y a urgence. Il se peut que nous ne soyons pas prêts pour le 15 mai, mais je dois faire le maximum pour que les visiteurs de l'exposition voient une Sainte-Chapelle qui nous fasse honneur. Et vous me parlez de décimer mes équipes ! Ce ne peut être ce que veut l'Empereur.

– Décimer est un grand mot. Nous vous demandons de réduire l'effectif pendant la matinée de la visite pour que nous puissions contrôler les mouvements et maîtriser toute tentative criminelle contre sa personne. Je ne vais pas vous empêcher de travailler. L'Empereur veut voir le chantier en activité. Vous choisirez vous-même les équipes que vous pouvez alléger et nous écarterons le moins de monde possible. Bien entendu, en priorité les étrangers. Je suis conscient de l'effort que je vous demande et il sera apprécié. Il faudra aussi…

– Quoi encore ?

–… désencombrer le passage tout au long du parcours pour que l'Empereur et son escorte puissent circuler à l'aise, ceci sans vous priver de vos matériaux et instruments de travail. Nous sommes sur un chantier, qui doit vivre, je vous l'accorde. Continuons, voulez-vous.

Lassus s'engagea dans l'escalier, suivi par le groupe.

Arrivé à la chapelle haute, il s'arrêta à l'entrée de la nef. Tous levèrent la tête.

– Quelle beauté ! dit Clamart.

C'était la fin de l'après-midi. Les verrières du flanc sud où s'attardaient les derniers rayons du soleil diffusaient dans la chapelle une clarté douce et colorée, comme retenue. La partie nord était déjà dans la pénombre.

L'admiration du délégué sembla rasséréner l'architecte.

Le groupe s'avança dans l'allée pour avoir une vue d'ensemble des travaux. Des peintres s'activaient le long des murs à représenter ce qui sembla à Grumel être un décor de tenture. D'autres, accroupis, peignaient des médaillons sur les soubassements. Deux hommes discutaient avec vivacité devant la baie des reliques dégarnie de ses panneaux. Le plus âgé des deux était très agité. Il remarqua son bec-de-lièvre sous sa grosse moustache noire. Ils ne prêtaient aucune attention à leur cortège. Clamart faisait part de ses remarques, au fil de leur progression, à son assistant qui prenait des notes.

– Il suffira de bien dégager le centre de la nef, le chantier n'en souffrira pas. L'Empereur voudra voir la tribune des reliques et s'arrêtera sans doute devant quelques verrières, je ne saurais vous dire d'avance lesquelles.

– Je connais ses habitudes, dit Lassus. J'espère avoir aussi l'occasion de lui donner mon point de vue sur le programme des travaux.

– De grâce, ne le fâchez pas.

– Nous travaillons sur le dernier vitrail, dit l'architecte, les reliques de la Passion, qu'il nous a fallu laisser de côté en 1853. Mon cher Lusson, assurez-nous qu'il sera rénové et en place en mai.

Le maître verrier se détacha du groupe.

– Sauf incident majeur, il le sera. C'est moins sûr pour la grande rose. J'ai renforcé l'équipe de peintres. Ne me privez pas, je vous prie, de Scassini, notre Italien.

– Nous verrons cela tout à l'heure, dit Clamart.

Et se tournant vers son assistant :

– Vous saurez où mettre les gardes. Tout cela ne pose pas de gros problèmes. Maintenant je voudrais voir la flèche. L'Empereur n'y grimpera pas; il la verra de l'extérieur et montera jusqu'à la toiture pour admirer le travail de charpente dont on a lui a beaucoup parlé. Il faudra sans doute réduire l'escorte. Allons voir.

Grumel n'écoutait plus, de plus en plus convaincu de l'inutilité de sa présence, quand son attention fut captée par les mouvements d'un petit homme perché tout en haut de l'échafaudage dressé devant le dernier vitrail du côté sud de la chapelle, celui que Lassus avait appelé « les reliques de la Passion ». Il était assis en équilibre sur une planche au bord du vide et, sans se tenir, rangeait rapidement ses outils dans une sacoche posée sur ses genoux avec des gestes rapides et efficaces sans paraître troublé par sa position périlleuse. Quand il eut fini, il la jeta sur son épaule et entreprit de descendre. Il jouait des mains et des pieds pour passer avec agilité d'une traverse ou d'une perche à l'autre en sifflotant. Il sauta à terre dans un dernier rétablissement plein de souplesse. Sa sacoche ventrue, en cuir usagé lui battait le flanc. Elle portait sur le côté une profonde éraflure, comme une blessure. Grumel sursauta. Il avait vu cette sacoche, avec cette entaille en forme de V, battant le flanc de celui qui la portait, comme aujourd'hui. Et il savait où. Au flanc de Devaux, s'enfuyant et disparaissant dans la rue de l'Éperon avant de l'assommer dans la cour de l'immeuble où il se dissimulait.

L'homme qui venait de descendre de l'échafaudage était habillé comme Devaux ce jour-là, veste et pantalon de coutil, une casquette de drap avec, sur l'épaule droite, cette sacoche d'outils, la même, il n'avait plus de doute maintenant qu'il la voyait de près.

Ce ne pouvait pas être Devaux, il était plus petit, plus âgé aussi, le visage ridé, avec une chevelure encore abondante. Et Devaux maintenant, il lui semblait qu'il le reconnaîtrait partout, quel que fût son déguisement. Non, ce n'était pas lui.

Le petit homme se dirigeait vers l'escalier de la chapelle basse. Grumel n'hésita pas ; il le suivit abandonnant le groupe qui avait fait demi-tour et, sur le flanc nord de la nef, franchissait la porte conduisant au clocher.

Le petit homme n'était pas facile à suivre. Malgré son âge, il marchait vite, courait presque par moments, sautait les caniveaux, se faufilait entre les passants. Il n'avait prêté aucune attention au commissaire quand ils étaient sortis tous les deux de la Sainte-Chapelle et Grumel avait pris soin depuis de se tenir à une distance suffisante pour qu'il ne le remarque pas.

Le trajet fut bref. Ils passèrent le pont Saint-Michel, prirent le quai à gauche jusqu'au petit pont puis la rue Saint-Jacques et tournèrent dans la rue Galande. Le petit homme s'arrêta devant un des premiers immeubles et, avant d'entrer, jeta un coup d'œil autour de lui. Grumel eut juste le temps de se pencher sur l'étal d'un marchand de vieux livres. Il fit mine d'y fouiller. Il surprit son regard indifférent qui passait sur lui puis l'homme entra dans l'immeuble. Grumel attendit quelques instants avant de franchir la porte.

Un gaillard barbu balayait le couloir.

– Vous connaissez l'homme qui vient d'entrer ?

– Bien sûr. Je suis le concierge.

– Et son nom ?

– C'est pour quoi ?

Grumel sortit sa carte.

– Qu'est-ce qu'il a fait ?

– Son nom !

– Burrigo. C'est le serrurier qui a l'atelier au fond de la cour. Il loge dans les mansardes au sixième étage.

– C'est bon. Merci.

Le commissaire sortit, laissant le concierge perplexe, appuyé sur son balai.

17

Avant même d'arriver au palier du sixième étage, Burrigo entendit la toux de Devaux, une quinte sèche et violente qui dura tout le temps qu'il mit à parcourir le couloir. Quand il ouvrit la porte de la mansarde où il l'avait caché, il le trouva assis sur son lit, tentant en vain de cracher dans une bassine posée sur ses genoux.

– Je t'avais prévenu, Carlo, quand on s'est revus ; tu héberges un moribond. Je vais bientôt te débarrasser.

– Tais-toi donc, Albert. Tu as mangé au moins ?

Il désigna d'un signe de tête l'assiette posée sur la commode.

– Pas grand-chose. J'ai la fièvre.

Devaux posa la bassine à terre et s'allongea sur le lit. Le serrurier se débarrassa de sa sacoche, prit une chaise et s'assit à son chevet.

– C'était le grand branle-bas à la Sainte-Chapelle aujourd'hui. On a eu les officiels et la police sur le dos, l'Empereur va venir visiter les travaux. Il paraît qu'avec l'autre Italien, on va nous écarter pendant la visite. Il y a des rumeurs de complot et aussitôt on prend tous les

Italiens pour de dangereux conspirateurs[1]. Ça ne va pas avancer le chantier. Tu veux dormir?

Devaux avait fermé les yeux.

– Non, ça va.

– Écoute-moi bien, alors. Je crois que j'ai été suivi. Un des pantins qui faisaient la visite. Un grand gonze qui m'a regardé descendre de mon échafaudage comme si j'étais un acrobate de cirque. Je l'ai revu ici en arrivant, devant l'étal du bouquiniste. À tous les coups, il m'a filé.

– Un des sbires de l'Empereur.

– Je ne crois pas. Ceux-là, ils savent où me trouver. Et là-dessus, je n'ai rien à me reprocher. Non, j'ai peur pour toi.

– Depuis qu'on s'est retrouvés devant le cabaret de la rue de la Bûcherie, personne ne nous a vus ensemble.

– Je sais. C'est une intuition. Je sens un danger.

On frappa à la porte. Les deux hommes se regardèrent, la même inquiétude dans le regard.

– C'est Martin, dit une voix étouffée.

Burrigo soupira et se leva pour ouvrir. Le concierge était tout essoufflé.

– Je suis monté dès que j'ai pu. Il y a un commissaire qui vient de passer, juste quand vous veniez d'entrer. Il m'a montré sa carte, il m'a demandé votre nom. Je lui ai donné, je n'ai pas pu faire autrement. Je voulais vous prévenir, des fois que ce soit pour…

1. Le Second Empire a connu de nombreux complots et conspirations contre le souverain. Des Italiens, mécontents de la politique de Napoléon III envers leur pays, y ont participé. Ainsi, en avril 1855, Giovanni Pianori tira deux coups de pistolet sur l'Empereur aux Champs-Élysées, sans le blesser. Il fut guillotiné le 14 mai.

Il eut un regard éloquent vers Devaux.

– Il n'a rien dit d'autre ?

– Rien du tout. Il est parti tout de suite.

– Merci, Martin. Je te revaudrai ça.

La porte refermée derrière le concierge, Burrigo se laissa tomber sur le lit.

– Je ne sais pas ce qu'il veut, ce commissaire, mais dans tous les cas, c'est un danger pour toi, Albert. Tu ne peux pas rester ici.

– Où veux-tu que j'aille ? La police a mis des hommes devant ma boutique et chez Raymonde, Hilaire serait trop heureux de me dénoncer, et il y a des rondes de sergents de ville dans toutes les rues. Le commissaire Grumel me connaît, il m'a vu à la gare Saint-Lazare et… Au fait, comment est-il, celui qui t'a suivi ?

– Je t'ai dit, un grand gaillard, bien raide, une allure de militaire mais habillé en bourgeois, sans barbe ni moustache, melon, redingote, rien de particulier. Je ne l'ai pas bien vu.

– Ce pourrait être « mon » commissaire, celui que j'ai assommé.

– Qu'est-ce qu'on fait ?

Le soir était venu. Au toit de la mansarde, la lucarne s'obscurcissait.

– Pour moi, c'est fini, dit Devaux. C'était fichu d'avance. Un peu plus tôt, un peu plus tard. Raymonde et Marguerite, elles s'en tireront toujours. J'aurais voulu faire plus. Peut être que ça n'était pas possible. C'est pour toi que je m'inquiète. Je ne veux pas t'attirer d'ennuis. Laisse-moi dormir une heure. Je m'en irai cette nuit.

– Où ?
– On verra bien. Ne t'occupe pas de moi.
Il se retourna sur son lit. Burrigo se leva et quitta la pièce.

Quand il revint plus tard, la chambre était vide. Les quelques vêtements et objets apportés par Devaux avaient disparu. Une lettre était posée sur le lit. Il la prit et la lut. Elle était longue, d'une petite écriture serrée. Il sourit en la fourrant dans sa poche et descendit à la loge du concierge.
– Martin, est-ce que ton gamin saurait porter une lettre ? Maintenant et discrètement ?
– Pardi. Rémi, viens voir.
Burrigo tendit la lettre au jeune garçon.
– Tu sais lire ?
– Oui, monsieur.
– J'ai mis l'adresse. À remettre à la dame. En mains propres.
– Oui, monsieur.
– Ne regarde pas tes mains, idiot. Ça veut dire : à elle seulement. C'est sérieux, tu n'en parles à personne.
Le gosse partit en courant.

18

Tôt ce matin-là, quand Grumel le fit venir d'urgence dans son bureau, Ragon s'attendait de sa part à un récit détaillé de sa participation à la visite de sécurité à la Sainte-Chapelle avec le délégué de l'Empereur. Mais Grumel avait écourté son discours. Il était clair qu'il ne se sentait en rien concerné par l'ennuyeuse cérémonie. Il s'impatientait de ses questions, pourtant légitimes et surtout on le sentait pressé de lui parler d'autre chose.

Ce qu'il voulait lui raconter, c'était, lors de cette visite, sa découverte : la sacoche à outils du serrurier qui descendait de l'échafaudage.

– La même que celle que portait Devaux quand je l'ai poursuivi rue de l'Éperon. J'avais oublié ce détail, pourtant je l'ai reconnue tout de suite.

– On peut en trouver des centaines d'identiques aux épaules des artisans parisiens, objecta Ragon.

– Pas avec une éraflure profonde en forme de V comme celle que j'ai vue.

– Ramenons le chiffre en ce cas à quelques dizaines. Les sacoches des ouvriers, ça s'use. De toute façon, à la Sainte-Chapelle, ce n'était pas lui, vous l'auriez reconnu. Alors, qu'en déduisez-vous ?

– Que Devaux est un artiste du déguisement. Qu'il était tailleur et costumier de théâtre. Qu'il s'habille en curé, en portefaix, en serrurier ou en plombier suivant son humeur ou ses besoins et que, quand il ne dispose pas du costume qu'il lui faut, il l'emprunte. À qui en l'occurrence ? À ce serrurier que j'ai vu descendre de l'échafaudage, dont il a au moins utilisé la sacoche, sinon les vêtements pour se rendre chez Raymonde Bergeron. De là à penser que cet homme l'héberge depuis plus de huit jours il n'y a qu'un pas que je franchis, inspecteur.

Grumel reprit son récit. Il avait suivi le serrurier, il savait où il habitait, il connaissait son nom : Burrigo.

– Nous avons de bonnes raisons d'aller y voir.

Ragon ne paraissait pas convaincu.

– Une perquisition ? Il nous faut l'accord de Beslay, peut-être même du procureur. Nos arguments sont maigres.

– Ce qui va laisser à Devaux le temps de s'enfuir si Burrigo m'a repéré ou si le concierge l'a informé de mon passage. On peut toujours y aller. Pas une perquisition, une visite.

– Ça va l'alerter.

– Ragon, vous m'embêtez. Venez, nous allons prendre nos lascars au saut du lit.

Il avait déjà saisi son melon sur la table.

Le concierge avait reconnu tout de suite le commissaire et il répondit de bonne grâce à ses questions. Oui, M. Burrigo était là ; son atelier dans la cour n'était pas souvent ouvert car il travaillait beaucoup à l'extérieur, surtout en ce moment où il avait à faire à la Sainte-Chapelle, mais ces messieurs le trouveraient là-haut ; oui, il vivait seul ; non, il n'avait vu personne monter chez lui ces temps-ci.

– Vous trouverez facilement, ce sont les deux premières mansardes au sixième.

– Ah, déjà la police, s'exclama le serrurier quand ils se présentèrent. Il ne fait pas bon être italien à Paris par les temps qui courent.

– Ça n'a rien à voir, dit Grumel. Connaissez-vous Albert Devaux ?

Il ne s'étonna pas.

– Bien sûr, depuis longtemps.

Du temps où ils habitaient tous les deux faubourg du Temple, expliqua-t-il, et que Devaux était apprenti chez un tailleur du coin. Par la suite, ils s'étaient perdus de vue, lui, il était venu s'installer rue Galande. Ils s'étaient retrouvés quand Devaux avait hérité de sa boutique. C'était son ami, bien sûr, sans pourtant qu'ils se voient très souvent.

– En tout cas, pas depuis deux ans, si c'est ce que vous voulez savoir.

– Même pas ces derniers jours, pour le cacher chez vous ?

– Ah, nous y voilà. Non, je ne l'ai pas caché. La police nous surveille assez pour que je ne me risque pas à ça.

– Ça peut vous coûter cher aussi de nous mentir.

– Je le sais.

– Vous parlez bien français, dit Ragon.

– Je suis arrivé à Paris avec mon père, à six ans.

Ils étaient restés debout tous les trois. Grumel promenait le regard sur les quelques meubles de la pièce. Une table, deux chaises, un buffet et un coffre et, dans un réduit, quelques ustensiles de cuisine.

– Où couchez-vous ?
– Dans la mansarde à côté.
– On peut voir ?
– Venez.

Ils passèrent dans le couloir. La deuxième pièce était aussi peu meublée que la première : un lit, une chaise et une armoire où quelques vêtements étaient pendus, une table avec, posée dessus, une écritoire, un peu incongrue.

– Vous écrivez le français ? demanda Grumel. Aussi bien que vous le parlez ?
– Bah ! Je fais mes factures.
– Pouvez-vous nous montrer aussi votre atelier ?

Il ne protesta pas. Ils descendirent. C'était une pièce éclairée par une grande vitre protégée par un grillage. Ils virent les outils accrochés au mur, des plaques de tôle et des tiges de fer dans un coin et, sur l'établi, une sacoche en cuir balafrée d'une estafilade en forme de V. Grumel l'ouvrit. Elle contenait des outils : tournevis, pinces et cisailles qu'il remua.

– C'est une perquisition ? demanda Burrigo.
– Non, une simple visite. Pour la perquisition, on verra plus tard.

Le commissaire ajouta :
– Il vous arrive de prêter votre sacoche ?

Le serrurier se récria :
– Les outils, c'est comme les femmes, ça ne se prête pas.
– Même pas à Devaux ?

Il prit un air excédé.
– Puisque je vous dis que je ne l'ai pas vu.

Ragon avisa un matelas, roulé dans un coin.
– Vous couchez quelqu'un ?

– Je prends un aide de temps en temps. S'il habite en banlieue, il couche là. Ça lui évite le trajet.

L'inspecteur scruta son visage. Il n'y lut ni crainte, ni émotion.

– Bon, dit Ragon en sortant. Je vais voir au commissariat de la Sorbonne si on peut faire surveiller l'immeuble.

À la gare Saint-Lazare, un sergent de ville attendait Grumel, impatient et fébrile.

– Il y a un homme égorgé en face de la Sainte-Chapelle. On vous y attend.

19

Le cadavre reposait sur le ventre, allongé dans une mare de sang, le long du mur de l'immeuble situé à l'angle des rues de Constantine et de la Barillerie. Deux sergents de ville montaient la garde et repoussaient les passants qui tentaient de s'approcher. Autour du corps, trois hommes s'entretenaient à voix basse.

– Dans mon secteur, je m'efforce d'appliquer à la lettre les instructions de l'excellent décret de 1854, dit Girard. Avec plus ou moins de bonheur.

L'officier de paix[1] était en verve bien qu'on l'eût fait lever tôt. Le petit vent frais l'avait poussé à remonter le col de son manteau. Il s'adressait à Louvain, le commissaire du quartier, plus qu'à Grumel qu'on venait juste de lui présenter.

Il expliqua que de minuit à sept heures du matin, les deux agents ici présents avaient fait leur ronde, chacun d'un côté de la rue, dans l'îlot qui leur était affecté, en

1. Les officiers de paix, deux par arrondissement, commandaient un poste de sergents de ville. Ils avaient une mission générale de surveillance et de recherche, organisaient les rondes, exécutaient les mandats d'amener et rendaient compte des incidents et rumeurs de leur secteur. Ils formaient un corps parallèle à celui des commissaires de police, chargés de tâches plus administratives.

repassant au poste entre chaque tour. Toujours le même parcours, dans le même sens, comme c'était prescrit, même si ça laissait aux malfaiteurs habitués au quartier des marges de manœuvre pour leur besogne maléfique. Il aurait bien voulu aller plus loin, surtout depuis que Devaux errait dans la Cité, et, comme le prévoyait le décret, faire précéder les sergents de ville par des agents en bourgeois, plus susceptibles de surprendre les individus mal intentionnés, mais il n'avait pas encore un effectif suffisant.

Quoi qu'il en soit, ses hommes étaient passés vers quatre heures devant le Palais de Justice et la Sainte-Chapelle et n'avaient rien remarqué de particulier. Trois quarts d'heure plus tard, en repassant rue de Constantine, leur attention avait été attirée par une masse sombre au pied d'un immeuble. Ils s'étaient approchés et avaient découvert que c'était le corps d'un homme mort, la gorge tranchée. L'un des deux sergents était resté près du cadavre pendant que l'autre courait au poste.

– Je vous ai fait prévenir aussitôt, Louvain.

– Pour ma part, j'ai jugé bon d'alerter le commissaire Grumel. Je me suis dit que ça pouvait être un coup de Devaux.

– On y a tous pensé, dit Girard.

Il se pencha vers le cadavre.

– Je me souviens bien de la première affaire. Brunoy avait la gorge tranchée lui aussi. Moins que celui-ci. Le coup a dû être plus violent ou porté avec une lame plus forte. Regardez, la tête est presque décollée du corps. Je suis sûr qu'en lui tirant les cheveux, on la ferait pivoter sur ce qui reste des vertèbres.

– N'en faites rien surtout, dit Louvain. Laissez ça au légiste qu'il va falloir aller chercher.

– J'ai envoyé un agent chez Derain. J'espère qu'il ne va pas tarder sinon tout le quartier va défiler ici.

– Je m'étonne que pas un chiffonnier ou un balayeur n'ait découvert le corps avant vos hommes.

– Ces gens-là n'aiment pas trop venir nous voir. Ils ont passé leur chemin, à moins qu'ils ne lui aient fait les poches. Et le crime venait peut-être juste de se produire quand les deux sergents sont passés par là.

– Ils n'ont rien entendu ?

– Ils disent que non.

Grumel contemplait le cadavre allongé le long du mur. La tête, tournée sur le côté gauche, les yeux ouverts, presque séparée du tronc comme l'avait fait remarquer Louvain, dépassait sur la rue de la Barillerie. L'homme semblait jeter un ultime regard vers le pont Saint-Michel.

– Voyez, dit Louvain, le corps a été traîné. Il a été frappé ici et il a continué à perdre son sang à l'endroit où on l'a trouvé.

Il montrait les traces sur les pavés.

– On se demande pourquoi.

– Vous l'avez identifié ? demanda Grumel.

– Non, dit Girard.

Louvain fit un pas de côté pour mieux voir le visage du mort.

– Je le connais. Gustave Couturier. Le tenancier d'un boxon de la rue aux Fèves.

– Alors, il est venu mourir en voisin, dit Girard.

Un estaminet levait ses volets rue de Constantine. L'officier de paix proposa qu'ils aillent s'y réchauffer. Il demanda aux sergents de ville de les prévenir dès que le légiste serait là.

Derain n'avait pas tardé. Il était pressé et il expédia l'affaire, confirmant que la mort se situait entre quatre et cinq heures du matin et qu'elle était due, de toute évidence, au coup violent porté à la gorge de la victime par un sabre ou une arme similaire. L'examen de la blessure laissait penser que l'homme avait été attaqué par-derrière et qu'il s'était retourné au dernier moment, la lame frappant la gorge de trois quarts. La mort avait dû intervenir très vite. Les traces de sang montraient que le cadavre avait été traîné sur une dizaine de mètres, l'agression semblant avoir eu lieu au coin des rues de Constantine et de Saint-Éloi. Le légiste était parti en demandant que le corps soit emporté à la morgue pour un examen plus approfondi.

– Pas bavard, l'animal, commenta Girard tandis qu'ils se dirigeaient tous les trois vers la rue aux Fèves.

– Haussmann va faire abattre tous ces bouges, dit Louvain. C'est une bénédiction.

Il montrait les masures sordides, les étages en saillie reposant sur des piliers de bois prêts à s'abattre et, dans la pénombre du retrait, les boutiques aux vitres sombres qui toutes semblaient abriter des négoces douteux.

– Il faut voir ça la nuit. Les filles attendent le client appuyées aux piliers, à peine éclairées par la lumière des chandelles ou des lampes à pétrole des boxons qui percent la crasse des vitres, comme des fantômes. C'est à vous faire frissonner. De peur, pas de désir. Le bouge de Couturier n'est pas le pire.

Il se reprit :

– Ce n'est pas lui le tenancier. La vraie patronne, c'est Germaine Ruzé. Lui, c'est son marlou. Il lui recrute des filles, il en profite et il les surveille. On l'a déjà emballé plusieurs fois et relâché. Ce n'est qu'un petit voyou. Je me demande ce qu'il a pu faire cette fois pour se faire escoffier.

Germaine Ruzé, qui leur ouvrit la porte, semblait avoir jeté sur elle, en vrac, tous les vêtements qui lui tombaient sous la main. Elle avait l'air d'un tas de chiffons ambulant, de chiffons sales. Elle jeta sur les trois hommes un bref coup d'œil et poussa un soupir.

– Alors, c'était bien lui ?

Elle savait déjà qu'il y avait un cadavre au coin de la rue, on était venu le lui dire ; elle n'avait pas voulu y aller voir mais elle se doutait bien du malheur, Couturier n'était pas rentré de la nuit. Elle ne s'en serait pas souciée d'ordinaire, il avait ses affaires. Hier, c'était différent, Rosa, une des filles, l'avait énervé. Question de travail. Il lui avait donné une bonne torgnole. Il s'était aussi engueulé avec le client qui s'était plaint. Ça s'était passé là, devant, dans la rue.

– Après il est parti et je ne l'ai plus revu. Je n'aime pas quand il est comme ça. Rosa est rentrée, elle n'est plus ressortie. Une soirée fichue.

– On pourrait la voir, Rosa ? demanda Louvain.

– Vous ne pensez pas quand même pas que c'est elle…

– On va le lui demander.

Rosa était jeune, petite et mince. Malgré sa tenue débraillée et son œil poché, on voyait qu'elle pouvait être attirante, dans son genre. Elle arborait, dans sa tignasse brune, un petit nœud de ruban rouge qui lui donnait l'air d'une gamine. Elle en avait aussi la voix, haut perchée, l'air effronté. La tenancière la mit au courant de la mort de Couturier, ce qui n'eut pas l'air de l'étonner non plus. Elle confirma les dires de la patronne sans hésiter.

– Gustave, il n'était pas de bonne humeur hier soir. Oui, il m'a balancé une gifle, soi-disant qu'un client s'était plaint de moi et que ça faisait du tort à la maison. Résultat, le coquart. Je suis rentrée et j'ai pas travaillé de la soirée.

– Vous n'êtes pas ressortie?

– Pour le trucider? Non.

– Connaissez-vous le nom du client?

– Non.

– Et Devaux, ça vous dit quelque chose?

– Non plus.

– Et Brunoy?

– Non.

La patronne intervint.

– Ici, on ne connaît pas le nom des gens.

Louvain eut un geste de lassitude.

– On va vérifier tout ça. Je vais vous envoyer un inspecteur. Il interrogera toutes les filles.

Les trois hommes reprirent la rue de Constantine. Le cadavre avait été enlevé. Seules les traces brunâtres de sang sur le pavé témoignaient encore du meurtre.

– Je n'en démords pas, dit Girard, c'est la même méthode que pour Brunoy: la nuit, l'égorgement au sabre, le corps traîné sur quelques mètres.

– Et vous en déduisez quoi? demanda Louvain. Que c'est Devaux dans les deux cas? Ou, dans les deux cas, le mystérieux passant qu'il a invoqué? S'il existe bien. Qu'en pensez-vous commissaire?

– Devaux a peut-être retrouvé le passant criminel qui l'a laissé condamner au bagne et il s'est vengé en utilisant la même méthode.

– Oh vous, dit Girard, vous êtes un compliqué !

– Sans doute. Excusez-moi, une affaire m'attend à Saint-Lazare.

Ils se serrèrent cordialement la main.

– Vous pensez, commissaire, que c'est Devaux qui a égorgé Couturier ?

Ils étaient dans le bureau de Grumel et le commissaire achevait le récit de sa matinée dans la Cité.

– D'abord, jusqu'à preuve du contraire, je persiste à croire que c'est Devaux qui a tué Brunoy, il y a deux ans. C'est maintenant un fugitif traqué de tous côtés. Pourquoi irait-il se charger d'un nouveau meurtre ? Tant que nous n'aurons pas trouvé de lien entre lui et Couturier, et un motif à son acte, j'aurai du mal à penser que c'est lui qui a tué notre marlou de la rue des Fèves. En revanche, si Devaux est innocent du meurtre de Brunoy, on peut comprendre qu'il ait cherché à se venger de celui qui l'a laissé condamner à sa place et celui-là, ce pourrait être Couturier.

– Ça supposerait qu'il le connaissait.

– Oui. Pourquoi en ce cas ne l'a-t-il pas dénoncé quand on l'a arrêté ?

– Il peut l'avoir identifié depuis, dit Ragon.

Au bagne ? Ou depuis qu'il est à Paris ? Possible, mais pas très vraisemblable. Il a eu peu de temps. À ne pas écarter quand même. Il aurait alors utilisé pour le tuer la même méthode que le coupable, c'est-à-dire Couturier, quand il a tué Brunoy.

– Pourquoi aurait-il fait cela ?

– Pour bien faire comprendre que c'était lui qui se vengeait. Mais le faire comprendre à qui, inspecteur ? Un peu compliqué, de toute façon, comme m'a dit Girard tout à l'heure.

– Alors ? Un crime qui n'aurait rien à voir avec Devaux ?

– Pourquoi pas.

20

Un meurtre avait été commis et tout laissait penser que Devaux en était l'auteur. Grumel pressentait que son entrevue avec le divisionnaire allait être aussi pénible que la précédente.

Quand il vit l'homme assis en face de Beslay, il sut qu'elle allait être pire.

– Je ne vous présente pas, dit Beslay.

L'homme se leva et tendit la main au commissaire.

– Bonjour, mon fils.

– Bonjour, père.

Aurélien Grumel se rassit.

Le divisionnaire les regardait, un léger sourire aux lèvres.

– Commissaire, je vous ai dit l'autre fois que je connaissais votre père, le conseiller Grumel. J'avais un dossier à voir avec lui ce matin et je lui ai proposé de rester un moment de plus pour vous voir. Je n'avais d'autre intention, ce faisant, que de vous offrir une occasion de vous rencontrer puisque, à votre grand regret, commissaire, celles-ci sont rares.

Victor Grumel était certain de n'avoir exprimé aucun regret de ce genre. Le propos du divisionnaire sonnait faux, avec des accents d'entremetteur forçant son talent. Que savait-il au juste de leurs relations, de leur rupture quand Victor avait abandonné ses études de droit et la carrière toute tracée dans la magistrature que lui promettait son père pour s'engager dans l'armée, de sa démission, de son retour en France et de ses raisons d'entrer dans la police? Son père lui avait-il parlé de la réconciliation tentée par sa mère avec un succès mitigé, des relations familiales qui avaient repris, peu ou prou, et enfin du mariage que ses parents auraient bien voulu le voir contracter? Beslay savait beaucoup de choses sans doute, on connaissait son avide appétit d'informations sur les vies privées de ses collaborateurs.

Pour l'instant il parlait, exposant à Aurélien Grumel la vocation du service des chemins de fer, son utilité et son avenir. Il énumérait les qualités requises pour tenir ces postes nouveaux, le dévouement, la discrétion, la technicité, un esprit moderne en quelque sorte. Le commissaire écoutait d'une oreille distraite. Ce langage feutré et conventionnel ne devait pas satisfaire son père, amateur de rigueur et de précision et qui, en sa qualité de magistrat, devait connaître le sujet aussi bien que lui.

– Voulez-vous me faire comprendre que mon fils ne pourra se couler dans le moule que vous décrivez?

– Il est trop tôt pour le dire. Il a un mois de maison, à peine. Il a reçu d'emblée un dossier complexe sur les bras.

Il résuma en quelques phrases l'affaire Devaux.

– Le meurtre d'hier a donné un retentissement inopportun au retour de ce criminel dans la capitale, retour dont nous portons en partie la responsabilité. Sur les conseils de son service de sécurité, l'Empereur vient de reporter sa visite à la Sainte-Chapelle. Il nous faut régler très vite ce problème.

– Mon fils est impulsif et a parfois du mal à se dominer. La discipline de l'armée lui pesait.

– Je sais, dit Beslay.

Victor Grumel bouillait. On le chapitrait devant son père qui ajoutait ses critiques personnelles. Il intervint.

– Vous souhaitez des résultats, monsieur. Ce n'est plus qu'une question de quelques jours. Les endroits où Devaux pourrait se cacher sont maintenant connus et surveillés.

– Ceux que vous connaissez.

– Il ne doit pas y en avoir beaucoup d'autres.

– Un seul suffit. Je sais que vous vous démenez.

– Je peux vous exposer les dispositions que nous projetons de prendre.

– N'en dites pas plus. Gardons cela pour nos entretiens privés.

Ce diable d'homme s'arrangeait pour vous mettre en position de faiblesse, se dit le commissaire. C'est lui qui a organisé cette rencontre avec mon père, lui qui a abordé l'affaire Devaux et le voilà qui me reproche maintenant de répondre à ses questions.

Aurélien saisit la perche que venait de lui tendre Beslay.

– Je vous laisse travailler. Merci pour cette rencontre… familiale.

Ils se levèrent tous les trois. Beslay raccompagna le père de Grumel vers la porte. Celui-ci, en guise de salut, posa la main au passage sur l'épaule de son fils.

– Revenons à nos affaires, dit le divisionnaire en se rasseyant.

Il avait changé de ton. Plus sec, plus impératif.

– Grumel, je vous le répète, il faut en sortir et arrêter Devaux. Sa promenade dans la Cité commence à énerver le ministre. On impute au bagnard le meurtre de la rue de Constantine. Tout le monde en parle. Le crime c'est comme le choléra, c'est contagieux. Ça donne des idées à tous les déréglés de la ville. La pression monte et nous avons notre ration de reproches. Je vous ai envoyé deux hommes en plus, je sais que c'est peu mais c'est tout ce que j'ai à vous offrir. Vous vous êtes organisés avec Louvain, c'est bien. Des patrouilles supplémentaires de la préfecture vont circuler de nuit. Je sais que vous travaillez avec les deux commissariats concernés, Notre-Dame et Sorbonne. Mais ce que je veux, c'est que ce soit nous qui l'arrêtions. C'est clair ?

– Nous avons repéré un ami à lui que nous filons.

– Qui est-ce ?

– Ce n'est encore qu'une piste.

– Je vous écoute. Je dois être au courant.

– C'est un serrurier qui travaille en ce moment à la Sainte-Chapelle et qui a dû l'héberger quelques jours. Mais il n'est plus chez lui. Nous surveillons l'immeuble. Un de plus.

– Creusez tout ça. Et suivez l'enquête Couturier. Il y a forcément un lien. Montrez-nous ce que vous savez faire ou ce qu'on m'a dit que vous saviez faire. Au travail, Grumel. Je n'ai pas voulu inquiéter votre père ou compliquer vos relations… ténues, mais il y va de votre crédibilité à ce poste.

Le commissaire ne put se retenir.

– Je vous en prie, monsieur, ne mêlez pas mon père à cela.

– Ne s'en est-il pas mêlé déjà ?

Il semblait contrarié. Il le congédia d'un geste.

Dans le fiacre qui le ramenait à son bureau de la gare Saint-Lazare, Grumel ruminait les derniers mots de Beslay. De quoi son père s'était-il mêlé ? Certainement pas de l'affaire Devaux et de son enquête. Il ne voyait pas pourquoi ni comment il aurait pu le faire. Il lui vint alors une autre pensée, désagréable et mortifiante. Son père était-il pour quelque chose dans sa nomination inattendue au service de surveillance des chemins de fer, une promotion ou une distinction qui l'avait étonné lui-même et dont il était fier ?

21

Arrivé dans son bureau, Victor Grumel n'avait pas encore décoléré. L'idée de devoir peut-être sa nomination à son père l'enrageait et l'humiliait. Il ne lui avait jamais rien demandé depuis qu'il avait quitté sa famille, il ne l'avait même pas tenu au courant de ses quelques réussites dans son dernier commissariat, encore moins, avant cela, des aléas de sa carrière militaire. Que signifiait sa présence dans le bureau de Beslay? Conseiller dans une chambre civile à la cour d'appel de Paris, à peu d'années de prendre sa retraite, quelle affaire pouvait bien l'amener à traiter avec le divisionnaire? Qu'avait voulu dire celui-ci avec son étrange formule: « Ne s'en est-il pas mêlé déjà? »

Un paquet de rapports l'attendait sur sa table. La fumée d'une locomotive à l'arrêt en tête de voie pénétrait dans la pièce avec les bruits métalliques des manœuvres de wagons, les piétinements et les conversations des voyageurs sur les quais, les coups de sifflets des contrôleurs. Il renonça à fermer la fenêtre et se laissa tomber dans son fauteuil. Il se saisit des rapports dont il n'attendait rien de réconfortant. L'affaire Devaux était mal partie, il ne pouvait se le cacher. Sans doute par sa faute, novice projeté dans un système rigide et compliqué. La police était une grande machine, lourde à manœuvrer. Trop de rouages, trop de contraintes. Et des rapports dans tous les sens. Il lui vint une folle envie de galop sans entrave, dans un espace sans borne, comme en Afrique.

Le premier rapport était celui de la morgue. Le médecin légiste n'avait pas jugé utile de pratiquer l'autopsie du cadavre de Couturier, l'examen complet du corps ne révélant aucune autre blessure que celle de la gorge et confirmant les observations faites sur le lieu du crime, rue de Constantine. La plaie ouverte était mortelle, le corps ayant perdu très vite une bonne partie de son sang. L'arme était un couteau de bonne taille, mais sans doute pas un sabre qui aurait provoqué d'emblée une coupure plus profonde et plus nette. La victime avait été attaquée par-derrière, elle avait dû entendre approcher le meurtrier, elle avait tourné la tête au moment où le coup lui était porté. Seule la moitié du cou avait été sectionnée. Le meurtrier s'était alors acharné sur cette première entaille comme s'il voulait décoller la tête du corps. Il n'y était pas parvenu. La victime, à ce moment-là, était sans doute à terre. Le légiste confirmait les déclarations des sergents de ville : l'heure de la mort pouvait se situer entre trois et quatre heures du matin. Les vêtements étaient sales mais pas déchirés. Il n'y avait pas de trace de lutte.

Les autres rapports émanaient des différents inspecteurs placés en surveillance devant la boutique du tailleur, le domicile de Raymonde Bergeron et de Marguerite Devaux et, depuis hier, celui de Burrigo. Comme le commissaire s'y attendait, ils n'apportaient rien de nouveau, le fugitif était prudent. Rue Serpente les deux inspecteurs s'ennuyaient ferme. Rien ne bougeait dans la maison du tailleur et leur planque était perturbée, disait Molineau, en mal de copie, par les géomètres qui posaient les jalons du boulevard qu'on allait ouvrir vers l'Observatoire. D'après les ouvriers, la maison du bagnard serait démolie. Raymonde et Marguerite menaient rue Saint-André-des-Arts une vie tranquille, ponctuée de sorties pour faire les courses, livrer leurs travaux en clientèle, ramasser des commandes ou aller à l'église. Elles avaient repéré les hommes de Magnier et ceux-ci ne se cachaient plus ni pour leurs planques ni pour leurs filatures. Enfin, le premier rapport sur Burrigo indiquait qu'il était sorti le matin, s'était rendu à la Sainte-Chapelle et n'était rentré rue Galande que le soir. Pas de trace de Devaux. Grumel se dit que la seule qu'il possédât était sa bosse à la tête, qui ne lui faisait même plus mal.

– Je peux entrer, demanda Ragon ?

Il ne l'avait pas entendu frapper.

– Oui, si vous apportez du nouveau. Nous piétinons, inspecteur.

– Je sais. Patience, chef. J'ai ma petite théorie là-dessus. C'est quand l'enquête semble dans l'impasse, morte ou tout comme, quand tout semble perdu, qu'arrive le petit frémissement qui annonce le réveil et permet à nouveau d'espérer.

– Vous êtes lyrique, ce matin. Vous brûlez de parler.

En effet, il avait des choses à dire. L'information venait de Molineau qui avait reçu ce matin le témoignage d'un dénommé Cruchot dont la maison, rue Percée, jouxtait celle de Devaux. Il avait relevé dans son jardin, récemment, des traces de pas et des éraflures fraîches sur le mur qui séparait sa propriété de celle de Devaux. Il avait pensé que le tailleur était rentré chez lui par-là sans se faire voir des deux policiers qui montaient la garde de l'autre côté. Il savait que le tailleur avait déjà emprunté parfois ce passage. Cruchot avait même vu des empreintes de chaussures de femme. Il n'avait pas voulu alors en faire un drame et se fâcher avec lui. Ça l'amusait plutôt. Maintenant, il s'agissait d'un criminel, alors il avait préféré avertir les deux policiers qui montaient la garde.

– Ce qui fait, dit Grumel, que notre bagnard entre et sort de chez lui sans que nos gardes n'en sachent rien. Bravo. On va y aller voir. Tout de suite.

– Il faudrait demander une autorisation officielle. La maison a été fermée par ordre de justice.

– Je m'en fiche. J'irai sans cela. Je sais encore escalader un mur. Je le prends sur moi.

– Inutile, monsieur, j'y suis allé.

– Sans m'en parler ?

– J'ai pris sur moi.

Grumel ne put s'empêcher de rire.

– J'ai pensé qu'il valait mieux que vous ne soyez pas impliqué, monsieur. Tout a été retourné par la police au moment du premier crime et peut-être par Devaux depuis. Pas de trace pourtant qu'il y ait couché. Mais…

– Mais ?

– Deux lames de parquet ont été déclouées dans l'arrière-boutique et reposées à la hâte. Elles recouvrent une cavité, vide.

– Asseyez-vous, Ragon, nous allons réfléchir.

L'inspecteur obéit, posant sur la table les papiers qu'il avait à la main.

– Si Devaux n'est pas coupable du meurtre de Brunoy, dit Grumel, et qu'il sait quel est l'homme qui l'a tué, il est possible qu'il soit revenu pour se venger de celui qui l'a laissé condamner au bagne. S'il est coupable, il est revenu pour d'autres raisons. Revoir sa fille par exemple, dont il était sans nouvelles et s'occuper de son avenir. Nous voyons désormais apparaître une autre raison. Il a appris au bagne que sa maison allait disparaître sous les coups des démolisseurs d'Haussmann. Il y a caché une chose qu'il veut récupérer avant qu'elle ne tombe sous leurs pioches. Si la cavité est vide, c'est qu'il y a réussi.

– Et la « chose », comme vous dites, est entre ses mains.

– À moins qu'il l'ait déjà confiée à Burrigo ou à Raymonde et Marguerite, si ce diable d'homme, déguisé en courant d'air, a pu les rencontrer malgré nos planques. Vous allez, Ragon, me préparer, avec les deux commissariats concernés, une demande de mandat de perquisition en bonne et due forme pour la maison de Devaux et celles de Marguerite et de Burrigo. Faisons les choses en règle et en grand cette fois. Et ça, qu'est-ce que c'est ?

Il braquait le doigt sur les papiers que Ragon avait posés sur la table.

– J'ai là un rapport que le pénitencier de Brest nous a spontanément envoyé sur l'évasion de Devaux en janvier, pensant que ça pouvait nous être utile. Vous verrez que ça aurait pu l'être, s'il nous était parvenu plus tôt.

Le commissaire le parcourut rapidement. Dès son arrivée au bagne, Devaux avait dû être hospitalisé pour soigner une progression brutale d'une tuberculose ancienne. Remis à peu près sur pied, il avait bénéficié d'un traitement de faveur. Affecté à l'atelier de couture, il y ravaudait les tenues de bagnard fournies par l'administration et confectionnait des vêtements de travail pour des marchands en ville. C'est au cours d'une livraison qu'il avait assommé son gardien avec un sachet bourré de sable, rompu sa chaîne et disparu dans la nature, déguisé en marin pêcheur.

– En effet, j'aurais dû me méfier d'un tel homme.

Grumel se levait.

– Attendez, monsieur, j'ai autre chose. Burrigo a une fiche aux Sommiers. Je l'ai fait sortir. Il est arrivé à Paris en 1810, à six ans, avec son père qui lui a appris le métier de serrurier. Des soupçons de vol, quand il était jeune. Pas de condamnation, on n'a rien pu prouver et pas retrouvé les objets volés. Il traînait avec une bande de mauvais garçons, faubourg du Temple.

– Où habitait aussi Devaux.

– Oui, jusqu'en 1845, quand il a loué l'atelier de serrurier que nous connaissons, rue Galande.

– Au moment où Devaux s'installait rue Serpente.

– Une coïncidence peut-être.

– Et ce rouleau, qu'est-ce que c'est ?

Ragon le déroula sur la table et le maintint ouvert en y appuyant les mains.

– Un plan de la Cité et du nord du Quartier latin que j'ai fait recopier. J'y ai porté les emplacements des hommes placés en surveillance et tracé les rondes des sergents de ville de Louvain. Et aussi la place des cadavres de Brunoy et de Couturier.

Le commissaire regardait avec attention le croquis des deux corps.

– Tous les deux, au marché aux fleurs et rue de Constantine, ont la tête tournée vers la gauche. Par le meurtrier car ils n'étaient plus en état de le faire eux-mêmes. Et on a vu qu'ils avaient été transportés, sur quelques mètres, pour les mettre là. Curieux, Ragon, non ?

– Le hasard.

– Hasard, coïncidence. Je n'y crois pas. Burrigo a hébergé Devaux, nous en sommes à peu près sûrs. Les deux cadavres sont retrouvés à proximité de la Sainte-Chapelle, la tête tournée dans sa direction. Burrigo travaille dans le monument. Hasard encore ?

– Oh, chef. J'allais oublier.

Il sortit un autre papier.

– Un mot de Louvain. Du nouveau dans l'affaire Couturier. Burrigo fréquentait le boxon de la rue aux Fèves. De temps en temps. Il n'avait pas de préférence particulière pour Rosa, la fille qui a reçu des coups du marlou et il n'y est pas venu la nuit du crime. C'est un lien entre Devaux et Couturier.

– Un lien ténu. J'irai, dès demain, à la Sainte-Chapelle, confesser ce Burrigo.

Le commissaire semblait tout ragaillardi.

22

– Vous cherchez quelqu'un ?

Le maçon qui travaillait au pied du maître-autel avait-il une mission de gardiennage ou bien l'allure de Grumel détonnait-elle dans le décor du chantier ? En tout cas, il s'était relevé en lui barrant le chemin de la nef et son visage n'avait rien d'avenant.

– Je cherche Burrigo, un serrurier.

– Vous lui voulez quoi ?

Grumel sortit sa carte.

– Ah, ça continue. Je pensais que la visite de l'Empereur était annulée.

– Reportée. Laissez-moi passer.

– Burrigo est au dernier vitrail sur la gauche.

On sentait que le temps pressait. Partout, des ouvriers s'activaient, accroupis ou agenouillés au bas des murs, à hauteur d'hommes ou grimpés sur des échelles. Le sol était encombré de matériaux, de planches, d'outils, de seaux et de pots. Des odeurs de peinture et de plâtre se mêlaient. Des coups sourds de maillets parvenaient du clocher ; il n'y avait dans la nef que des bruits d'outils ou des ordres brefs. Derrière l'autel, quelqu'un chantonnait.

Burrigo enfilait sa veste, sa sacoche à ses pieds. Il s'esclaffa.

– Ah ! Le commissaire. Dites donc, on se voit presque tous les jours. J'allais partir.

Grumel ne put s'empêcher d'admirer son aisance. Son léger accent donnait du piment à ses mots.

– Vous allez rester encore un instant avec moi et me dire enfin comment votre sacoche s'est retrouvée à l'épaule de Devaux.

– Je vous ai déjà dit que ça ne pouvait pas être la mienne et je le répète. Quand je travaille, elle ne me quitte pas et je travaille tous les jours.

Grumel eut beau faire, il ne changea rien à ses déclarations. Il connaissait Devaux, redit-il, on pouvait dire que c'était son ami, mais il ne l'avait pas vu depuis son arrestation. Les menaces de sanctions que brandissait le commissaire ne l'effrayaient pas « puisqu'il ne mentait pas ». Quant aux larcins dont on lui parlait, c'était du passé, du temps où il était faubourg du Temple. Des péchés de jeunesse, des bêtises, la preuve, il n'avait jamais fait de prison.

– Et Devaux ?

– Lui, de la prison ! Certainement pas. Enfin jusqu'à son affaire, bien sûr. On traînait un peu partout ensemble, on était jeunes, on n'était pas des anges. Il était plus sérieux que moi, il n'a jamais eu d'ennuis et après, quand il s'est marié, il s'est rangé, c'est souvent comme ça, on ne s'est plus vus pendant des années. Je vous ai déjà dit tout ça.

– Vous connaissez Couturier ?

– Je sais qui c'est. Il paraît qu'il est mort.

– Vous fréquentez le boxon de la rue aux Fèves ?

– J'y vais parfois.

– Vous y étiez dans la nuit du 20 au 21 mars.

– Il y a deux mois que je n'y ai pas mis les pieds. Il n'y a qu'à demander à la patronne. Je n'avais aucune raison de tuer son maquereau. Prouvez-moi le contraire.

Il était sûr de lui, il plastronnait même un peu, satisfait de ses répliques. Il chargea la sacoche sur son épaule avec un rien de défi dans les yeux. Il arrêta son geste au bruit d'une dispute qui éclatait derrière eux.

Grumel avait vu, en arrivant, les deux peintres qui discutaient au pied de l'échafaudage devant le vitrail, à l'entrée de la nef, dégarni de ses verres. Seuls restaient en place les barlotières et les encadrements des panneaux qui dessinaient comme autant d'yeux ouverts sur le ciel. Il avait entendu plus tard leurs voix s'élever en un débat animé qui venait de dégénérer.

– Oui, j'ai vu ton panneau ce matin à l'atelier, clamait le plus âgé des deux hommes. Tu n'aurais pas dû utiliser la pièce. Cette tête ne convient pas du tout. C'est un moine qu'il nous faut derrière le roi, pas un brigand.

Le commissaire avait aperçu ce peintre au cours de la visite d'inspection qu'il avait faite quelques jours auparavant avec le délégué de l'Empereur. Il avait noté son bec-de-lièvre et sa grosse moustache. L'autre peintre, plus calme, haussait les épaules.

– C'est un détail. Et c'est ton avis. Pas celui de tout le monde. Et nous n'avons pas beaucoup de temps, tu le sais bien.

– Tous les détails comptent dans un vitrail. C'est ça qui fait sa beauté.

– On verra bien ce que dira Steinheil.

L'homme au bec-de-lièvre tourna le dos et s'écarta de la table.

– Fais ce que tu veux. Moi, je ne bâcle pas mon travail.

Il partit aussitôt. On aurait cru qu'il se sauvait.

– C'est Scassini, dit Burrigo. Un Italien comme moi, mais il est du Nord, il a un fichu caractère.

Il ne s'était pas aperçu que le commissaire n'était plus là et courait derrière le peintre.

Grumel rattrapa son homme juste avant qu'il prenne l'escalier vers la chapelle basse.

– Excusez-moi, j'ai quelque chose à vous demander. Puis-je vous accompagner ?

– Si vous voulez.

L'homme était grand et bien bâti. Son visage, sévère mais assez beau, était à peine gâté par son bec-de-lièvre. Il portait sur la tête un linge arrangé en une sorte de turban. Il semblait tout à fait indifférent à ce que Grumel lui disait, encore tout à sa colère. Ils étaient arrivés dans la cour quand il sembla s'éveiller. Il s'arrêta.

– Qui êtes-vous ?

Grumel préféra rester vague, ne pas dire qu'il était commissaire de police. Il participait mardi dernier, expliqua-t-il, à l'inspection de sécurité de la chapelle. Il savait que la visite de l'Empereur perturbait le programme des travaux, que ceux-ci étaient urgents. Il voulait savoir à quel point, pour prendre les bonnes mesures. Il avait entendu sa dispute à l'instant, avec un autre peintre.

Le caractère un peu bancal de son explication ne parut pas gêner son interlocuteur.

– Bah, on y arrivera. Ce qui me met en colère, c'est le refus de soigner son travail.

– Vous travaillez depuis longtemps sur ces vitraux ?

– Oh oui. Depuis le début en 1849. Jusqu'en 1853, quand il a fallu s'arrêter alors qu'on avait presque fini. On vient seulement de reprendre, la semaine dernière.

Grumel sentit qu'il avait trouvé le déclic. Il n'eut plus qu'à laisser parler le peintre, expliquant son travail, ses soucis, ses doutes et la satisfaction que l'on tire de voir l'œuvre achevée et admirée.

– C'est surtout les vitraux d'église que j'aime. Quand on a dû s'arrêter ici, Lusson m'a fait travailler un peu à la cathédrale de Rouen, mais surtout dans des hôtels particuliers et des bâtiments civils. Je préfère les sujets religieux. Je suis heureux ici. À condition de ne pas voir gâcher le travail.

Le commissaire jugea qu'il était temps d'arriver au sujet qu'il voulait aborder.

– Burrigo, c'est un compatriote à vous ?

Il sentit l'homme se refermer.

– Si on veut.

– C'est-à-dire ?

– Il est de Parme.

– Vous le connaissez bien.

– Non, il vient d'arriver. C'est un bon serrurier, c'est tout ce que je peux vous dire. Vous n'allez pas nous empêcher de travailler ?

– Non, bien sûr. Au revoir, monsieur Scassini.

– Tiens ! Vous connaissez mon nom. Qui vous l'a dit ? Burrigo.

– Qui êtes-vous ?

– Victor Grumel. Commissaire de police.
– Je commençais à m'en douter.

23

Marguerite Devaux s'arrêta un instant dans l'ombre du porche avant de sortir. Bien qu'elle la connaisse presque par cœur, elle relut une fois encore la lettre de son père, remise à Raymonde hier matin par un gamin déluré jurant sur la tête de sa mère qu'il savait tenir sa langue, ce qu'il avait aussitôt confirmé en refusant de dire de qui il tenait la missive.

En tout cas, c'était la petite écriture de son père et sa précision coutumière. Si le curé de Saint-Séverin, exposait-il, n'avait pas changé ses habitudes, il confessait les jours de semaine dès six heures trente du matin et jusqu'à sa messe, à sept heures. Il quittait l'église vers huit heures et n'y revenait dans la matinée que s'il avait une cérémonie, rarement avant dix heures. Son père leur fixait donc rendez-vous, à Raymonde ou à elle, mais surtout pas ensemble, vers huit heures trente. Il serait sur une des chaises proches de la chaire, à l'abri autant qu'il le pourrait de toute oreille indiscrète. Il recommandait de ne pas s'approcher de lui en cas de présence suspecte ou inopportune.

Marguerite avait insisté auprès de Raymonde pour se charger de la mission. Celle-ci avait fini par accepter en l'accablant aussitôt de recommandations multiples que la jeune fille avait l'intention de se remettre en tête tout le long du parcours.

Les deux policiers de faction, leurs « anges gardiens » comme les appelait Raymonde, étaient en poste au coin de la rue de l'Éperon, sans souci de se dissimuler. L'un d'eux, comme d'habitude, allait la suivre. À l'évidence, leur but n'était pas que l'une ou l'autre les mena à Devaux, mais plutôt de leur interdire tout contact avec lui. Ainsi, depuis trois jours, elles traînaient, en faisant leurs courses, un garde du corps qui n'entrait pas dans les boutiques et les attendait à la porte. Il fallait espérer qu'il ferait de même à l'église.

Il commençait à faire doux ; elle s'était vêtue d'une simple robe de cotonnade et d'un gilet de laine sur son corsage blanc brodé de ses mains. Un foulard couvrait ses cheveux blonds. Elle tenait au bras un sac de toile à moitié rempli de linge. « Du linge d'autel, avait dit Raymonde, pour le cas où on t'inquiéterait. Tu fais comme si tu allais le livrer. Si ton père te donne quelque chose, tu le glisseras dessous. » Qu'avait-elle dit encore ? « Ne flâne pas. Ne te retourne pas pour savoir si on te suit. »

Elle ne flânait pas, elle prenait plaisir à ce qu'elle ressentait comme une promenade juste un peu pimentée d'une pointe de risque. Le garde devait la suivre. Elle ne se retournerait pas. Allait-il l'accoster, lui demander d'ouvrir son sac ? Elle resterait calme, lèverait vers lui des yeux remplis d'innocence. Elle saurait faire ça.

Déjà, elle traversait la rue Hautefeuille. Saint-Séverin était à deux pas.

Dans l'église, une femme, agenouillée sur le sol, frottait les dalles près de l'entrée. Elle ne releva pas la tête.

Marguerite trempa deux doigts dans le bénitier, se signa et s'avança dans l'allée. Près de la chaire, son père était agenouillé sur un prie-Dieu, la tête enserrée dans les mains. Il portait des vêtements qu'elle ne lui connaissait pas. Elle ne pouvait voir son visage, mais elle n'eut pas un instant de doute, c'était lui. Il avait cette attitude qu'elle lui avait vue tant de fois quand il faisait sa prière du soir. Il avait maigri, ses épaules fléchies dégageaient son cou frêle. Quand il se mit à tousser elles semblèrent secouées par une bourrasque. Elle resta un moment debout, immobile, à le regarder, sentant monter en elle un élan de tendresse et de pitié.

Elle se décida à s'asseoir, plusieurs rangées derrière lui, quand la femme qui nettoyait les dalles de l'entrée remonta l'allée, portant son balai et ses chiffons. Elle disparut par une porte près de l'autel. Marguerite regarda autour d'elle. Elle était seule avec son père. Son « ange gardien » semblait avoir renoncé à la suivre dans l'église. Elle le retrouverait à la sortie, patient comme un chien fidèle. Elle s'approcha de la chaire.

Elle savait exactement ce qu'elle devait faire. S'asseoir dans le rang derrière lui, sur une chaise décalée d'une place à droite ou à gauche et s'agenouiller sur le prie-Dieu.

Il avait tressailli en entendant son pas. Il la laissa se placer, poser à terre son sac de toile puis il se redressa et, en s'asseyant, se retourna et la regarda en souriant. Elle fut frappée par son teint pâle, ses joues creuses. Il recula son siège. Elle à genoux, lui assis, il avait ses lèvres près de son oreille.

– Tu vas bien, petite fille ?

Sa voix était rauque, son souffle court.

Elle hocha la tête, émue, la gorge serrée.

– Parle-moi, Marguerite.

– Tout va bien. Nounou t'embrasse.

Il sourit.

– Tu l'appelles encore comme ça. Je t'aime, Marguerite.

– Moi aussi, papa.

– Nous n'avons pas beaucoup de temps.

– Je sais.

Elle avait répondu en pensant au policier qui piétinait dehors, à Raymonde qui l'attendait, impatiente, mais elle comprit que les mots de son père étaient plus lourds qu'elle ne le pensait. Qu'il était très malade et qu'il leur restait peu de temps pour s'aimer.

– Approche-toi, écoute-moi.

Elle ne pouvait être plus proche qu'elle n'était, elle avait sa tête sur son épaule.

Il lui raconta ce qu'il avait fait depuis son arrivée à Paris, comment il avait échappé à la police à Saint-Lazare, retrouvé Burrigo, qui l'avait logé dans sa mansarde puis qu'il avait dû s'enfuir et se réfugier chez le père Fulbert. Il ne pourrait pas y rester longtemps, il ne fallait pas que le curé ait des ennuis.

Elle écoutait l'histoire, la tête sur son épaule, heureuse et soucieuse à la fois.

– Tu rediras tout à Raymonde. Ça va lui plaire.

– Elle voudrait te voir.

– Dis-lui de venir. Pas avant lundi. Dans les deux jours qui viennent, il y aura trop de monde dans l'église. Embrasse-la pour moi.

– Maintenant, que vas-tu faire ?

– Il y a toujours une solution, ne t'en fais pas. Parle-moi de toi, maintenant.

Elle essaya. C'était difficile. Quand elle entendait son souffle court, les soupirs qu'il poussait parfois, quand elle voyait son visage si pâle, son cou décharné, ce qu'elle racontait – ses courses, ses petits travaux, ses soucis ménagers – lui paraissaient futiles, dérisoires. Très vite, elle se tut. Il comprit.

– Il faut que tu partes. Sois prudente.

Il lui posa un baiser sur l'oreille. Elle remua les lèvres en même temps, comme si elle voulait l'embrasser elle aussi. Il s'agenouilla à nouveau tandis qu'elle se levait et sortait.

Son gardien tournait en rond devant l'église. Elle lui sourit en balançant son sac d'un air désinvolte.

Le père Fulbert semblait inquiet. Il marchait lentement dans la sacristie, les bras croisés sur la poitrine.

– Tout va bien, dit Devaux. Je l'ai revue grâce à vous, mon père, et je vous remercie.

– N'appuyez pas, Albert, sur ma plaie douloureuse. La société vous a condamné et vous recherche. Pour elle, vous êtes un criminel. Mon devoir civil était de refuser de vous héberger et d'informer la police. Parce que vous m'avez juré que vous étiez innocent du meurtre de Brunoy, que vous me l'avez redit sous le sacrement de la confession, parce que vous n'aviez plus d'abri, je vous ai caché dans mon presbytère. J'ai fait passer la charité et la compassion que vous m'inspiriez avant mon devoir de citoyen. Vous m'avez vu hésiter. Je ne regrette pas de l'avoir fait, sans être sûr d'avoir eu raison.

– Vous ne me croyez pas ?

– Cette nuit, un autre crime a eu lieu aux abords de la Sainte-Chapelle et on vous l'attribue. Déchargez votre conscience si vous en êtes l'auteur. Je ne vous trahirai pas, mais comprenez que je devrais alors vous chasser de ma demeure.

– Je dormais chez vous cette nuit, comment aurais-je fait ?

– Je vous ai expliqué que vous pouviez, par une porte, sortir discrètement dans la rue.

– Je vous jure, mon père, que je n'ai pas quitté mon lit. Je n'ai même pas essayé d'ouvrir cette porte.

– Ne jurez pas, je vous crois.

– J'ai été heureux de revoir Marguerite. C'est une jeune fille tendre et que j'aime. En même temps, je souffre. Je devrais tôt ou tard me livrer à la police. Je suis condamné et incapable de prouver mon innocence. Je ne sais que trop ce qui m'arrivera. Je suis malade et ne vivrai plus longtemps. C'est Raymonde Bergeron qui devra veiller sur elle.

– Je l'en crois capable.

– J'ai encore quelque chose à vous demander, mon père.

– Allez-y.

– Je voudrais revoir Raymonde, une dernière fois.

Le prêtre s'arrêta de marcher et fixa sur Devaux un regard qu'il voulait sévère.

– Vous me demandez des choses difficiles, vous savez pourquoi.

– Je le sais.

– Êtes-vous sûr qu'elle souhaite vous voir ?

– Marguerite me l'a dit.

– C'est, Albert, la dernière faveur que je vous accorde. Vous vous verrez dans la sacristie. Vous l'y attendrez. Je la conduirai.

24

– Viens, Alfredo, j'ai à te parler.

Le maître verrier avait pris Scassini par le bras, l'avait arraché à sa tâche et l'emmenait vers la cour. Dans l'atelier, assis devant leur table, les peintres étaient penchés sur leurs morceaux de verre, le pinceau à la main, le pot de grisaille à côté d'eux. La lumière de l'après-midi entrait à flots par les vitrines. Seuls le roulement des voitures et le trottinement des chevaux sur le quai de la Grève troublaient le silence.

Scassini aimait bien Lusson. C'était un patron exigeant, ferme et juste, d'un tempérament plutôt tranquille. Il était courtois, ce qui ne l'empêchait pas d'avoir son franc-parler et de dire son fait à qui le méritait. Le peintre se disait que c'était peut-être ce qu'il allait faire.

Il n'eut pas à attendre. À peine dans la cour, Lusson s'arrêta.

– Alfredo, je connais tes qualités de peintre. Tu as fait à la Sainte-Chapelle d'excellentes choses, des peintures et des restaurations vives et soignées. Je n'ai pas oublié les motifs du vitrail de Judith que tu as réalisés ni les quadrilobes de la fille de Jephté dans la lancette des Juges. C'était du beau travail.

Scassini ne bronchait pas, attendant la suite.

– Abel Tirard a du talent, lui aussi. Tu le connais mal ; moi, je l'ai vu à l'œuvre. J'espérais que vous travailleriez ensemble sans problème. Ce n'est pas le cas. J'en ai assez de vos chamailleries.

Le peintre l'interrompit, d'une voix rogue.

– Moi, j'aime ce qui est bien fait. Je soigne les détails.

– Peut-être trop. Tu sais ce qu'on attend de nous. Il y a un gros travail à réaliser sur le vitrail des reliques et nous devons avoir fini le 15 mai. Tu en connais la raison.

– L'Exposition universelle.

– Le temps nous presse. Abel est rapide et quoi que tu sembles en penser, il ne bâcle pas ce qu'il fait. Chacun a sa méthode. Ce qui compte, c'est le résultat. Vous ne devez pas perdre votre temps à vous disputer sur des points de détail. Je n'ai rien à reprocher à la tête qu'il a donnée au moine dans le panneau de la présentation des reliques, sa « tête de brigand » comme tu dis.

– Ah, il vous a raconté ça.

Scassini ne se donna pas la peine de poursuivre. Il connaissait son patron. Il avait pris sa décision, il ne savait pas laquelle, mais il ne l'en ferait pas changer. Il baissa la tête et attendit le verdict.

– Tirard restera sur les reliques et, à partir d'aujourd'hui, tu travailleras avec Rochot sur la grande rose de la façade. Tu t'entends bien avec lui.

– Je m'entends avec tous ceux qui aiment leur travail.

– Il a refait plusieurs panneaux en 1853, avant qu'on s'arrête. Il en reste un à restaurer complètement et neuf partiellement. De quoi vous occuper tous les deux. Vite et bien.

Scassini serrait les poings, s'efforçant de garder son calme.

– Retourne à l'atelier. Steinheil est là avec Rochot. Il regarde les cartons. Profites-en pour t'y mettre.

Il attendit une réaction. Elle ne vint pas. Le peintre s'éloigna sans un mot.

Scassini rejoignit Steinheil et Rochot.

Le cartonnier présentait un panneau à bout de bras dans la lumière.

– Le vitrail que nous avons ici, disait-il, représente le quatrième cavalier de l'Apocalypse, monté sur un cheval pâle ou blanc ou verdâtre suivant les textes. Le nôtre est blanc, harnaché de bleu. Le cavalier, c'est la mort qui s'élance hors de l'enfer, figuré derrière la croupe du cheval par des carreaux verts, des yeux rouges, une bouche ouverte et des crocs blancs… Bonjour, Alfredo.

Il continua.

– De sa main gauche, la mort brandit un nœud de vipères, de la droite elle tient un petit javelot. Il faut reprendre la croupe du cheval, assez endommagée et les hanches de la mort, plus des détails en bordure du sujet.

Scassini regardait, fasciné, le cavalier décharné, drapé dans son linceul d'un pourpre délicat, les vipères se tordant dans sa main gauche, le petit javelot dans la droite, son visage grimaçant au nez retroussé et sa bouche entrouverte sur des chicots blanchâtres. Il gardait au creux de l'estomac l'amertume du discours de Lusson, mais ses yeux ne pouvaient se détacher du panneau toujours brandi par le cartonnier.

– Tu peux commencer par ça, Alfredo ? demanda Steinheil.

Scassini approuva d'un signe de tête.

25

Était-ce le même inspecteur, celui qui avait suivi Marguerite ? Comme lui, il entra dans l'église sur ses pas, la regarda s'approcher du curé qui s'affairait autour de l'autel et sortit quand il la vit se diriger avec lui vers la sacristie.

Devaux l'attendait, assis sur un tabouret, face à la porte, le dos courbé, les mains jointes posées sur ses genoux. Il se leva avec peine, oscillant pour trouver son équilibre. Sa maigreur et sa pâleur l'effrayèrent. Marguerite l'avait prévenue, mais elle ne l'imaginait pas vieilli et changé à ce point.

– Je reviens dans un quart d'heure, dit le père Fulbert. Je ne peux pas vous laisser plus de temps. Nous allons avoir du monde.

Vraie raison ou prétexte, se demanda Raymonde. Il semblait mal à l'aise.

Quand le curé fut sorti, elle se jeta dans les bras de Devaux. Ses lèvres et ses joues étaient brûlantes.

Il se rassit. Elle tira un autre tabouret près de lui.

– C'était si dur que cela ? dit-elle.

Il secoua la tête.

– Ça ne vaut pas la peine d'en parler. Pensons à vous deux. Tu as compris ce que j'ai expliqué dans ma lettre ?

– Oui. Sans problème.

Il paraissait soucieux.

– Burrigo va se débrouiller, dit-il.

– Je lui fais confiance.

– Marguerite t'a raconté mes aventures ?

– En détail.

– On n'a pas eu le temps de causer beaucoup de vous deux. Tu vas le faire peut-être.

Elle aurait voulu. Lui parler de Marguerite, qui avait bien changé – c'était une femme maintenant –, de son adresse, de sa gentillesse, de sa beauté qui attirait les regards, de sa sagesse. D'elle aussi, un peu, de ses espoirs et de ses craintes, mais comme Marguerite, elle ne trouvait pas les mots. Chaque regard qu'elle portait sur son visage, sur ses joues creuses, le pli amer de sa bouche, les rides qui lui étaient venues, la paralysait. La maladie et le bagne, depuis deux ans, l'avaient ravagé. Il ne s'inquiétait pas de ses silences. Il lui avait pris la main, il avait fermé les yeux, il souriait. Ils restèrent ainsi un long moment, sans bouger. Elle avait envie de pleurer, mais les larmes ne venaient pas.

Une horloge sonna quelque part. Il tressaillit et une quinte de toux le saisit. Il se leva, porta la main à sa poitrine, sortit un mouchoir de sa poche. Elle vit le sang rougir le linge. Il s'affaissa, bousculant son tabouret dans sa chute. Son visage, sur le sol, était aussi blanc que les dalles.

Elle courut à la porte. Le prêtre priait dans le chœur. Il se précipita sans qu'elle eût à parler. Il se pencha vers Devaux, lui prit la main, affolé, ne sachant que faire, puis saisit un coussin posé sur un prie-Dieu qu'il lui glissa sous la tête.

– Il va revenir à lui.

Quand il rouvrit les yeux, Devaux jeta sur le prêtre et sur Raymonde un regard perdu. Ils l'aidèrent à se redresser. Il fit quelques pas.

– Il faut aller l'allonger sur son lit, dit le père Fulbert.

Ils contournèrent l'autel en le soutenant. Deux vieilles dames, agenouillées au premier rang, se signèrent en les voyant passer. Ils prirent le couloir qui menait au presbytère et gagnèrent sa chambre.

Ils le couchèrent aussitôt. Sa main pendait hors du lit. Raymonde la prit et la posa sur le drap en la serrant un instant dans la sienne.

– Partez vite, dit le prêtre, il va se remettre. Priez pour lui.

Dehors, elle ne regarda pas si l'inspecteur la suivait.

26

Rue Saint-André-des-Arts, Grumel ne vit pas les inspecteurs, ni devant l'immeuble ni aux alentours immédiats, ce qui lui fit craindre que les deux femmes ne soient sorties. La concierge le rassura. Mme Bergeron venait de rentrer et Marguerite n'avait pas encore mis le nez dehors. C'était dommage par ce beau temps. Elle devait avoir du travail à finir. La pipelette était prête à entamer une conversation qu'il coupa net en se dirigeant vers l'escalier.

Il avait tiré peu de chose de Raymonde au cours de sa visite précédente. Il s'était laissé endormir, surpris de trouver une femme avenante et pas dépourvue de charme. Il en avait appris davantage de la concierge quand elle lui avait parlé d'Hilaire. Réussirait-il à en arracher plus aujourd'hui aux deux femmes ? Avaient-elles revu Devaux ? Savaient-elles où il se cachait ? Qu'était-il pour Raymonde ? Le père de sa protégée, un ami, un amant ? Savaient-elles ce qu'il avait caché sous le plancher de son arrière-boutique ? Il avait envie de les brusquer, de leur arracher leurs secrets.

Quand il frappa à la porte du logement, on ne lui ouvrit pas tout de suite ; il entendit des murmures et des pas précipités, un bruit de chaise ou de table qu'on bougeait. Il mit un instant pour reconnaître Raymonde dans la femme au visage bouleversé qui lui ouvrit. Son chignon était dénoué et, sans rien dire, elle fixait sur lui des yeux où il lisait l'inquiétude et le chagrin. Avait-elle pleuré ?

– Je peux entrer ?

Elle écarta un peu plus le battant de la porte et s'effaça avec réticence, toujours silencieuse. Grumel vit derrière elle une jeune fille blonde et élancée, ses longs cheveux flottant sur ses épaules. Elle aussi semblait apeurée. Elle le salua d'un signe de tête auquel il répondit de même.

Personne ne l'avait invité à s'asseoir. Il saisit une chaise et s'installa derrière la table chargée de lingerie comme à sa première visite.

– J'ai des questions à vous poser.

Raymonde s'assit à son tour. La jeune fille resta debout derrière elle, les mains appuyées au dos de son siège.

– Vous êtes Marguerite Devaux ?

– Oui.

– Où est votre père ?

– Nous n'en savons rien.

Une jolie voix, un peu tremblante.

– Vous l'avez vu ?

– Non. On ne sait pas où il est. Et avec les gardes à la porte, jour et nuit, comment voulez-vous qu'il vienne nous voir ? Et s'il venait, vous croyez qu'on vous le dirait ?

C'était Raymonde qui avait répondu, d'un ton lourd de rancœur.

– Connaissez-vous Burrigo ?

– Oui. C'est un ami de mon père. Je ne l'ai pas vu depuis longtemps, dit Marguerite.

– Moi non plus, ajouta Raymonde.

Elle regardait Marguerite en fronçant les sourcils. Elle semblait lui demander de se taire et de la laisser répondre.

– Savez-vous où il habite?

– Rue Galande. Je suppose que vous le savez et qu'il a aussi ses « anges gardiens ».

– Devaux avait-il d'autres amis?

– Non.

– Couturier?

– Qui c'est?

– Un voyou qui s'est fait égorger rue de Constantine. Vous le connaissez?

– Jamais entendu parler.

Elle explosa:

– Vous n'allez pas lui mettre aussi ce crime sur le dos!

– Vous êtes émues et inquiètes. Qu'est-ce qui se passe?

Elle tendit le bras vers Marguerite.

– Son père est traqué. On l'empêche de le voir. Il était malade quand on l'a emmené à Brest. Il doit l'être encore plus maintenant. Ça ne peut que mal finir. Si on le retrouve, on le remettra au bagne. Si on ne le retrouve pas, il finira par claquer. De votre faute. Et vous voulez quoi? Qu'on s'amuse?

Marguerite semblait gênée par l'éclat de Raymonde. Elle regardait le commissaire, l'air craintif. Grumel admira la finesse de ses traits et l'éclat de ses yeux verts. Il ne retrouvait en elle aucun trait de son père. Elle devait ressembler à sa mère. Puis il se dit qu'il n'avait vu Devaux, en fin de compte, que deux fois et déguisé en curé ou en serrurier.

– Et, en plus, vous venez nous tourmenter.

Le commissaire jugea inutile de leur parler de la cachette de Devaux et de ce qu'elle pouvait contenir. Aujourd'hui encore, il ne tirerait rien des deux femmes. D'ailleurs, il n'en avait pas envie. Il éprouvait de la pitié pour elles. Elles mentaient peut-être. Pouvait-on leur en vouloir ?

Son désir de les brusquer pour les faire parler avait disparu. Pourtant, il avait encore une question à leur poser.

– Vous êtes sorties ce matin ?

– Non, dit aussitôt Marguerite.

– Mes courses habituelles, dit Raymonde, et des broderies à livrer.

Il se leva. Elles ne bougèrent pas, l'une assise, le visage encore marqué de colère et l'autre, debout derrière elle, qui posait la main sur son épaule.

Les deux inspecteurs de Magnier étaient bien visibles cette fois. Ils prétendirent s'être mis un peu à l'écart ce matin parce qu'ils s'attiraient les quolibets des badauds à être toujours au même endroit, comme des poireaux.

– « L'écart », c'est le nom du cabaret ?

Ils protestèrent. Ils n'avaient pas quitté le porche de vue. La fille n'était pas sortie et la mère – c'est ainsi qu'ils l'appelaient – était allée à l'église.

– Pour voir le curé. C'est moi qui l'ai suivie, dit l'un des deux inspecteurs. Elle est entrée à la sacristie avec lui. Je l'ai attendue dehors. Elle est restée longtemps. Je ne sais pas si elle a eu l'absolution, mais elle avait un drôle d'air en sortant.

– Elle avait un sac ?

– Oui, avec du linge.
– Elle n'est allée qu'à l'église ?
– Oui, ça devait être du linge de messe.

27

Dans la rue Saint-André-des-Arts, Grumel marchait à pas lents, tout à ses préoccupations. Si l'inspecteur avait dit vrai, Raymonde avait menti. Elle n'avait pas fait de courses ce matin. Elle était allée à l'église et elle y était restée longtemps, avec le curé. Or, il était peu probable que l'inspecteur ait menti : trop de conséquences pour lui s'il était convaincu de l'avoir fait dans l'exercice de son service.

Pourquoi, en ce cas, Raymonde avait-elle caché à Grumel sa visite au curé qui pouvait n'avoir rien d'anormal ni d'illicite ? Elle brodait du linge d'autel, qu'elle lui rapportait, ou bien elle venait se confesser, ou le consulter. Elle était tout juste de retour quand le commissaire lui avait posé la question, elle ne pouvait avoir oublié sa démarche. Elle était troublée, certes. Pas au point de dire n'importe quoi. Et d'ailleurs pourquoi ce trouble ? Avait-elle appris du curé quelque chose de grave, de douloureux, d'insupportable ? Et quoi ?

Il tournait et retournait ces questions dans sa tête et les mêmes idées lui venaient, lancinantes : le père Fulbert avait donné des nouvelles de Devaux à Raymonde, de mauvaises nouvelles, ou bien Devaux était là, dans la sacristie et elle l'avait vu. Et peu à peu ces idées s'imposaient au commissaire, comme des évidences. Il reprenait tout, les indices, les arguments, un par un, comme s'il égrenait un chapelet. Devaux avait quitté la mansarde de Burrigo quand il avait compris qu'il était repéré. Sa boutique était surveillée, la demeure de Raymonde aussi. Il n'avait pas d'autres amis. Il s'était tourné vers le père Fulbert. Le curé avait de l'estime pour Devaux, de l'amitié même. Il l'avait dit au commissaire, il avait remis le tailleur dans le bon chemin, l'avait poussé à reprendre sa fille, à maîtriser sa vie. Il ne croyait pas en sa culpabilité. C'était son confesseur, il devait savoir si Devaux était coupable ou pas. Alors, il avait passé outre à ses scrupules, à son devoir de citoyen, respectueux des lois, pour jouer le bon Samaritain. Il avait abrité le bagnard chez lui et prévenu Raymonde ou Marguerite. Et Raymonde, ce matin, était venue le voir. Et elle était ressortie bouleversée.

Grumel arrivait sur le quai Saint-Michel où il avait pensé prendre un fiacre pour regagner la gare Saint-Lazare. Il avait plus urgent à faire. Aller à Saint-Séverin et en avoir le cœur net. Faire parler le curé. Surprendre Devaux peut-être.

Il s'arrêta à l'orée de la rue de la Harpe. Pourquoi les deux femmes tout à l'heure avaient-elles cet air inquiet et les larmes aux yeux ? Parce que Devaux était malade, mourant peut-être ? Ou qu'il avait fait des aveux à Raymonde ? De son crime, de ses deux crimes ? Une pensée terrible le frappa : Devaux était peut-être chez le père Fulbert la nuit où Couturier avait été égorgé. Sans le vouloir, le curé n'avait-il pas favorisé ce meurtre ? Il devrait se débrouiller avec sa conscience.

Grumel n'hésita plus et prit le chemin de Saint-Séverin.

À deux pas de l'église, il s'arrêta de nouveau, saisi d'un autre doute. Devaux est malade peut-être, mais habile. Il l'a prouvé. Pas question qu'il s'échappe une fois encore. Il faut du renfort. Un inspecteur, un sergent de ville, ou deux. Ici, c'est le secteur de Magnier, le commissaire du quartier de la Sorbonne. Il faut le voir d'abord.

Son collègue était là, mais très occupé d'après son secrétaire. Il tentait d'apaiser une querelle entre un cocher de fiacre et son client qui refusait de payer, parce qu'on ne l'avait pas conduit au bon endroit. Ce n'était pas chose faite si l'on en jugeait par les éclats de voix qui traversaient la porte du bureau.

– Les deux inspecteurs sont pris aussi. Voyez vous-même.

Il montrait la grande pièce à droite où l'on s'agitait beaucoup.

Ce devait être pareil, ou à peu près, dans tous les commissariats de la capitale en cette fin de matinée. Grumel était sûr qu'aux Enfants-Rouges, son ancien quartier, c'était la même agitation. Il imaginait bien la scène. Dans la cellule, deux ou trois saoulards, ramassés dans la nuit, achevaient de se dégriser. On conduisait à son successeur, bracelets aux poignets, un *fourlineur*[1] et son complice, pris en flagrant délit de vol à la tire au marché de la rue Charlot, et les sergents de ville amenaient les premiers bagarreurs du jour, plus ou moins amochés.

Chez Magnier, c'était un chiffonnier qui, pour l'instant tenait la vedette, expliquant avec force gestes comment

1. Fourlineur : voleur à la tire.

cette pendulette dorée, en excellent état, s'était retrouvée au fond de son mannequin[1].

– Elle était dans le tas d'ordures, au milieu des détritus, à la portée du premier venu. J'allais pas la laisser là. Je l'ai prise pour vous l'apporter, juré. C'est pas ce qu'il faut faire pour les objets trouvés ?

– Soigneusement cachée sous tes chiffons.

– Protégée !

– Et ta carte ?

– Perdue.

– Bien sûr. Et tu n'as même pas de numéro sur ta hotte. Drôle de biffin[2] !

Dans le bureau de Magnier, les voix s'étaient apaisées.

– Je vais le prévenir que vous êtes là, dit le secrétaire.

C'était inutile, le commissaire sortait avec les deux hommes.

Magnier l'écouta, sceptique et prudent.

– Ne vous emballez pas, commissaire. Je connais le père Fulbert mieux que vous. Il est intègre, il est conscient de ses devoirs, de sa mission. Il ne ferait pas cela. Entre le civisme et la compassion, je sais de quel côté a penché sa balance.

Grumel le sentait, ce qui gênait Magnier, c'était de demander au curé d'ouvrir sa maison, pire, de recourir à une perquisition. Il louvoyait. Il n'avait pas d'homme disponible. Il demanda à Grumel de réfléchir encore un peu, d'aller en douceur s'informer, de revenir. Il aurait peut-être du monde tout à l'heure. Grumel en eut assez. Il le quitta, décidé à se rendre chez Fulbert tout seul.

1. Mannequin : hotte du chiffonnier.

2. Biffin : chiffonnier.

Il ruminait ses reproches contre Magnier et contre les procédures en remontant la rue Saint-Jacques quand il aperçut devant lui un homme vêtu en ouvrier, veste et pantalon de coutil, casquette de drap, une silhouette qui lui rappela celle qu'il avait vu apparaître sous le porche de l'immeuble de Raymonde, le jour où il s'était fait assommer. Seule différence notable, l'homme ne portait pas à l'épaule la sacoche de Burrigo mais une simple musette. La chance viendrait-elle enfin le favoriser ?

L'homme marchait lentement, le dos courbé, l'air fatigué, mais il n'hésitait pas sur son parcours, ne se retournait pas et ne manifestait aucune inquiétude. Grumel se rapprocha. Quand l'homme tourna la tête, il le vit de profil : imberbe, un nez un peu fort, des sourcils fournis, il était presque certain que c'était Devaux. Presque certain seulement, mais il ne pouvait laisser passer sa chance. Advienne que pourra. Il se rapprocha encore. À quelques pas, il lança d'une voix forte : « Devaux. » Quand l'homme se retourna, il bondit et sauta sur lui. Il dut le retenir pour qu'il ne s'effondre pas sous le choc. C'était bien Devaux, sans postiche ni grimage. Il ne se débattait pas, regardait le commissaire, d'abord étonné puis souriant.

– C'est vous ! C'est bien comme ça.

Un couple s'était arrêté et les regardait.

– Je vous arrête. Venez avec moi.

– Au commissariat, je suppose.

– Oui.

– J'y allais. Pour me rendre. Ne me passez pas les bracelets, s'il vous plaît.

– Je n'en ai pas. Je vous tiens par le bras. Si vous cherchez à vous échapper, je vous assomme.

– Ce serait votre revanche.

Il toussa à s'arracher la gorge puis s'arrêta pour cracher.

– Vous n'avez rien à craindre. Je suis hors d'état de nuire.

Sa voix était faible, on le comprenait mal.

– Prévenez Marguerite et Raymonde, je vous prie.

Il ajouta quelque chose que le commissaire devina plus qu'il ne l'entendit.

– C'est fini.

Au commissariat, Magnier le félicita avec excès. On le sentait soulagé.

– J'y suis pour peu de chose, dit Grumel.

Encouragé par Magnier, il parla quand même de l'intuition qu'il avait eue en sortant de chez Raymonde et il laissa entendre que sa tactique de bloquer partout les possibilités de refuge de Devaux avait acculé celui-ci à l'ultime solution de la reddition. *Il parle en soldat*, se dit Magnier, *et il se croit encore en Afrique*.

Devaux avait demandé à s'asseoir. Il était livide. Il avait sorti de sa poche un linge taché de sang dans lequel il crachait. Sa respiration était sifflante, elle se bloquait par moments puis repartait, laborieuse. Soudain, il s'écroula de sa chaise et resta au sol, inanimé.

Il avait repris conscience quand le médecin que Magnier avait envoyé chercher arriva.

– Il faut l'emmener tout de suite à l'Hôtel-Dieu, dit-il, et le laisser tranquille. Pas d'interrogatoire pour le moment.

– Bravo, chef, dit Ragon.

C'était bref, mais Grumel apprécia le « chef ».

Ils étaient dans son bureau et le commissaire venait de lui annoncer la nouvelle.

– J'ai eu de la chance. Devaux allait se rendre de toute façon.

– Parce qu'il était bloqué de toutes parts.

C'était ce que pensait Grumel, mais il se demanda si l'inspecteur n'était pas en train de lui cirer les bottes.

– Il est à bout. Je crois qu'on n'aura pas de mal à lui tirer des aveux sur les deux meurtres, quand on pourra l'interroger.

– Peut-être trois.

– Comment cela ?

Ragon posa un papier sur la table.

C'était un rapport du commissaire en poste à la gare de Rouen.

Il avait reçu copie des différents comptes rendus échangés ces derniers temps à propos de l'affaire Devaux et il avait fait le rapprochement avec un crime intervenu en janvier dernier dans un faubourg de Rouen. On avait retrouvé un matin, au bord d'une route, le cadavre égorgé d'un cantonnier de la ville. Il n'était pas alors en poste et l'affaire était du ressort de la gendarmerie locale. Personne n'avait vu de lien à l'époque avec le crime de Devaux en 1853. Lui en voyait un maintenant et il jugeait bon d'en aviser le commissariat de la gare Saint-Lazare. Il était prêt à fournir, sur demande, toutes les informations en sa possession.

– Mieux vaut tard que jamais, conclut Ragon.

– Il faudrait en savoir plus et, maintenant qu'on tient le bonhomme, aller au bout de ses forfaits. Vous connaissez ce collègue de Rouen ?

– Non.

– Alors, allez faire sa connaissance et demandez-lui qu'il vous explique l'affaire en détail. Ramenez une copie des rapports. Moi, je voudrais avec Magnier faire avouer Devaux, dès que son état permettra de l'interroger. Et Raymonde ensuite, car elle doit en savoir long sur lui. Elle était sa maîtresse, j'en suis persuadé.

– D'accord, j'irai, monsieur.

– Vous pouvez continuer à m'appeler chef, si vous voulez.

– Alors, chef, il y a encore autre chose. Un lien possible entre Devaux et Couturier.

– Diable.

– Devaux n'est pas connu de Rosa, la tenancière du boxon, mais son ami Burrigo, si. Il y vient de temps en temps. Elle n'a rien à lui reprocher et Rosa n'est pas sa fille préférée.

– Le lien est mince, mais je vous dis bravo à mon tour, Ragon.

28

– Merveilleux, le chemin de fer.

De retour de Rouen, Ragon avait l'air guilleret.

– C'est votre voyage qui vous réjouit ? demanda Grumel.

– Sa rapidité, chef. Départ de Rouen à huit heures, arrivée à midi vingt dans votre bureau. Avec des renseignements dans mes bagages. Vive le train !

– Asseyez-vous, j'ai besoin de bonnes nouvelles, inspecteur. Depuis deux jours, le médecin nous interdit, aussi bien à Magnier qu'à moi, d'interroger Devaux, en plein délire, paraît-il. Rien de plus intéressant pourtant qu'un coupable qui délire. J'ai essayé d'avoir l'appui de Beslay. Il se dérobe. J'attends qu'il me fixe un rendez-vous. Il faut qu'on en finisse. Quant à la Sûreté, elle se désintéresse de cette affaire depuis le début, je ne sais pas pourquoi. Allez-y, que m'apportez-vous ?

– De quoi finir d'accabler Devaux. J'ai rencontré notre commissaire à la gare de Rouen puis je suis allé avec lui chez les gendarmes. Pas très aidants au début, vu qu'on s'occupait de leurs affaires, jusqu'à ce qu'ils se rendent compte de l'intérêt de notre enquête, pour eux et pour nous. Alors, ils nous ont ouvert leurs dossiers.

Il en ressortait que Justin Évrard, la victime, était cantonnier de la ville de Rouen depuis des années et grand buveur devant l'Éternel. Dans la nuit du 31 janvier au 1er février de cette année, on l'avait retrouvé dans un fossé, la gorge tailladée. Il habitait seul dans une petite maison du faubourg Saint-Hilaire, sur la route de Beauvais. Il rentrait sans doute chez lui. La blessure était de même nature que celles de Brunoy et de Couturier. Des coups maladroits, mais suffisamment efficaces pour provoquer la mort. Le corps était recroquevillé dans le fossé et non pas allongé comme ceux des victimes de la Cité. Peut-être le tueur avait-il été dérangé. Personne n'avait rapproché l'affaire, à ce moment-là, avec le meurtre de Brunoy à Paris. L'évasion de Devaux, intervenue au début de janvier, avait été signalée à la gendarmerie et à la gare mais les circonstances du meurtre du bijoutier n'avaient pas été mentionnées.

– Quant à nous, au service de surveillance des chemins de fer, nous n'avons rien à nous reprocher, dit Ragon. Notre collègue commissaire n'était pas encore en place. Il a pris son poste au début du mois, à peu près en même temps que vous et c'est lui qui a relié les deux affaires.

– Tout cela était déjà dans son rapport.

– Maintenant, j'ai une dizaine de témoins.

– Du meurtre ?

– Non, de ce qui s'est passé avant, ce soir-là. Évrard avait passé sa soirée dans un estaminet près de l'église Saint-Vivien. Une dizaine de personnes peuvent en témoigner. On buvait sec. Il avait payé lui-même plusieurs tournées parce qu'il allait toucher la prime.

– Quelle prime ?

– On m'a expliqué. À Brest, quand on constate qu'un bagnard s'est évadé du pénitencier, on prévient la population par trois coups de canon. C'est une invitation à participer à la recherche du fugitif. Il y a des primes à la clé pour ceux qui fournissent des renseignements permettant de lui mettre la main dessus. Vingt-cinq francs s'il est repris dans la ville, plus s'il est repris au-delà et jusqu'à cent en fonction de la distance. Ce soir-là, Évrard, poivré comme tous les soirs, se vantait de savoir où se cachait Devaux. Il disait que le lendemain, dès la première heure, il irait voir les gendarmes et il empocherait ses vingt thunes[1]. Il commençait joyeusement à les dépenser et ils étaient une bonne dizaine à l'aider. Il était parti le dernier, fichu dehors par le patron et il a pris la route en chantant la Carmagnole. Une heure plus tard, un roulier l'a retrouvé dans le fossé, occis comme Brunoy et Couturier.

– Et vous pensez que Devaux aurait pu être là, à boire avec les autres ?

– Ceux qui trinquaient avec Évrard se connaissent tous, mais il y a eu du passage dans le troquet, Devaux a pu entrer, entendre les boniments du cantonnier, le guetter dehors, le suivre et l'occire.

– Et le patron ?

– Il buvait avec les autres, il paraît qu'il ne laisse pas sa part aux chiens. Il ne se souvient plus de ceux qui n'ont fait que passer. Quant au mobile, il n'y a pas à chercher loin. Si Devaux a entendu le cantonnier clamer ses intentions, il s'est protégé de celui qui allait le dénoncer.

– Le fugitif a-t-il laissé d'autre trace par la suite ?

1. Une thune : cinq francs.

– On l'a signalé deux ou trois fois dans la région, sans certitude, jusqu'au jour où un mouchard nous a renseignés sur son projet de retour à Paris. La suite, nous la connaissons tous les deux.

Ils méditèrent un instant. Ragon, le premier, rompit le silence.

– Vous voyez, chef, ça devient clair. Devaux se bat avec Brunoy et le tue. L'enjeu est sans doute une question d'argent et la cassette cachée par Devaux sous son plancher le produit d'un vol. Un magot à partager entre deux complices. Devaux s'évade du bagne pour le récupérer, avant que sa maison soit démolie. Il se cache dans la région de Rouen, apprend dans un estaminet de la ville qu'Évrard va le dénoncer, il le suit et le tue. Six semaines plus tard, arrivé à Paris, il se cache chez Burrigo et récupère son trésor, nous savons comment. Repéré par vous, il se réfugie chez le curé, arrive peut-être à remettre sa cassette à Raymonde quand il la rencontre à Saint-Séverin puis il est arrêté.

– Pas si simple, Ragon. Pourquoi aurait-il tué Couturier ?

– Un complice gênant, à qui il ne veut pas donner sa part.

– Le magot serait maintenant chez Raymonde, d'après vous ?

– Si Devaux a pu le lui remettre ou chez Burrigo s'il la laissé chez lui, où on n'a fait qu'une inspection rapide, ou pourquoi pas chez le père Fulbert, à son insu.

– Avec l'accord de la préfecture de Police, Magnier a fait procéder hier à une perquisition en règle chez Raymonde. On a sondé les planchers, exploré les cheminées. On n'a rien trouvé. De même chez Burrigo. Rien non plus. Pour le curé, Magnier a fait ça en toute discrétion. Le père Fulbert lui a ouvert sa maison et facilité ses recherches. Il n'a pas nié avoir abrité Devaux, mais il croit en son innocence et il lui a apporté un alibi. D'après lui, son ancien bedeau n'a pas pu quitter le presbytère pendant la nuit du meurtre de Couturier.

– Je croyais que la chambre où il couchait avait une sortie particulière, dit Ragon.

– Il ne lui avait pas remis la clé et il a fermé la porte principale le soir en gardant la clé par-devers lui.

– Donc, à l'époque, il n'était pas sûr de son innocence et, bien sûr, personne ne peut confirmer ses dires.

– La bonne avait été mise au courant, il était difficile au curé de faire autrement, en lui recommandant le silence. Mais elle n'est là que dans la journée.

– Le curé va être inquiété ?

– Je ne crois pas, dit le commissaire. Il a convaincu Devaux de se livrer, ce qui a permis son interpellation en douceur.

L'inspecteur digérait les informations en silence. Grumel conclut :

– Ce qui m'embête le plus, Ragon, c'est que, malgré tout ce que vous me dites, je commence à douter de la culpabilité de Devaux. L'homme faible et malade que j'ai vu quand je l'ai arrêté me paraît incapable d'avoir égorgé il y a huit jours un adulte valide qui se débat comme a dû le faire Couturier. Il est douteux qu'il ait pu sortir cette nuit-là. À partir de là, la ressemblance entre les trois meurtres n'est plus un indice contre Devaux. Il a toujours proclamé son innocence, le père Fulbert lui a fait confiance et il y a deux femmes qui croient en lui. Navré de tempérer votre enthousiasme, Ragon.

29

L’inspecteur avait frappé et il était entré, comme un boulet, dans le bureau de Grumel, sans attendre la réponse.

– Monsieur, monsieur !

– Que se passe-t-il, Molineau ?

– Le divisionnaire veut vous voir. Il arrive.

– Calmez-vous. Où est-il ?

Beslay déjà franchissait la porte.

– Laissez-nous, inspecteur.

Le divisionnaire était très élégant, veston et pantalon dans un beau tweed gris à filets bleus, gilet d’un gris uniforme plus soutenu, cravate négligemment nouée, gants gris perle et canne à la main.

– Je déjeunais chez Tortoni. J’ai laissé mon fiacre rouler jusque chez vous. J’ai voulu vous voir sur votre lieu de travail, sans prévenir, au risque de vous manquer. Ça vous déplaît ? J’aime surprendre et on m’avait dit que vous insistiez pour me voir.

– Je suis flatté de votre visite.

La fenêtre était ouverte sur le bruit et la fumée de la gare.

– Ne la fermez pas, dit Beslay.

– Prenez mon fauteuil, monsieur.

– Cette chaise me suffira bien.

Déjà il s'en saisissait et s'asseyait d'un geste aisé. Il semblait très en forme. L'excellent repas sans doute.

– Avant tout, félicitations pour votre brillante arrestation de Devaux.

Grumel ne décela pas d'ironie dans sa voix.

– Le coupable était consentant.

– Ne dévalorisez jamais vos actes vous-même. Les autres s'en chargeront bien. Le mérite de l'arrestation a été attribué au service. Laissons-le-lui. Donc, vous vouliez me voir.

Le commissaire expliqua qu'à l'Hôtel-Dieu, on l'empêchait d'interroger Devaux. Le malade était trop faible, il avait des accès de fièvre, il délirait. L'accès à sa chambre lui était interdit. C'était peut-être l'occasion de profiter de sa faiblesse pour glaner des informations. Pouvez-vous faire en sorte que je le voie quand même?

Grumel était surpris par l'attention que lui portait Beslay, le front plissé, ses yeux perçants fixés sur lui.

– Votre collègue Louvain est-il dans le même cas?

– Oui.

– Laissez-moi faire. Je connais assez de monde à l'Hôtel-Dieu pour faire lever cette interdiction. Allez-y après-demain en début d'après-midi et je vous parie que le médecin de service vous laissera voir Devaux et l'écouter. S'il parle, bien sûr.

– Merci, monsieur le divisionnaire.

– N'en parlez pas à Louvain pour l'instant. Restez en tête dans cette affaire. J'en profite pour vous donner un autre conseil qui vous sera utile dans votre carrière. Ménagez-vous des relations partout où vous le pourrez.

Ça facilite les choses ; aujourd'hui ça me permet de vous ouvrir grand l'Hôtel-Dieu. Je dis des relations, des gens qui vous doivent quelque chose, pas des amis. Et venons-en au fond du problème. Avez-vous des preuves tangibles de la culpabilité de Devaux dans le meurtre de Couturier ? Je ne parle pas de celui de Brunoy qui a été jugé.

– Je n'en ai pas. Devaux n'avait la possibilité de commettre ce crime qu'en sortant cette nuit-là du presbytère dont le curé, par précaution, avait fermé les portes, sauf à récuser le témoignage du prêtre. C'est tout ce que je peux avancer. Je ne sais pas quel aurait pu être son motif. Il y a autre chose, monsieur. Une affaire à Rouen.

L'histoire, cette fois, ne parut pas beaucoup intéresser le divisionnaire.

– L'essentiel, dit-il, c'est que nous tenions l'homme et qu'il ne puisse plus nuire ; le reste concerne la justice.

– Oui, monsieur. Cependant, dit Grumel, j'ai des doutes sur la culpabilité de Devaux pour l'ensemble de ces meurtres. Il ne me paraît pas avoir l'étoffe d'un criminel et je n'y vois pas de motif commun.

– Je vous comprends. Mais vous avez un coupable ou quelqu'un qui en tient lieu. Je vous demande simplement de taire vos doutes tant que vous n'en aurez pas un autre sous la main. Je vais vous laisser travailler.

Il dit, en se levant :

– Comment va votre fiancée ?

Grumel ne put réprimer un mouvement de surprise.

– Quelle fiancée, monsieur ?

– Celle qui est venue vous voir, à l'Hôtel-Dieu, après qu'on vous avait assommé. Une demoiselle charmante, m'a-t-on dit.

– Je n'ai pas de fiancée.

– Elle s'est présentée ainsi. Elle venait vous voir de la part de votre mère, pour la rassurer.

– C'est l'huissier de l'hôpital qui vous a dit ça ?

– Ça s'appelle aussi un indicateur, un mouchard, une mouche. Il faudra apprendre à vous en servir. Ma foi, je suis en veine de dispenser des conseils aujourd'hui.

– Ce n'est pas ma fiancée. Elle a dit ça pour forcer l'entrée, ce n'est qu'une amie.

– Quand vous envisagerez de convoler en justes noces, il faudra m'en parler. Nous devons savoir où s'engagent nos collaborateurs.

Il sortit en agitant sa canne.

30

– M. Beslay m'avait annoncé votre visite. Veuillez me suivre.

Le médecin était courtois, sans grande amabilité. Il était clair qu'il réprouvait l'autorisation donnée à Grumel de voir son malade. Il avait ordre de le conduire auprès de Devaux et il s'exécutait, dans les meilleurs délais. Il le mena, d'un pas rapide, à travers les méandres de l'Hôtel-Dieu. Ils traversèrent une cour, un vaste vestibule d'accueil, prirent un long couloir mal éclairé, un autre plus sombre encore, sans que le médecin lâche un mot. Il s'arrêta au seuil d'une grande salle dont les fenêtres ouvraient sur la Seine. Il lui restait à le mettre en garde et le moment en était venu. Il débita son discours comme s'il récitait une leçon à contrecœur.

– Le malade est très faible. Sa phtisie, très avancée, a envahi les deux poumons et, de plus, son cœur est fragile. Dans l'immédiat, c'est surtout ce point qui m'inquiète. Il est conscient, mais peut à peine parler. Il tousse et crache beaucoup. Vous ne pourrez pas avoir avec lui une conversation normale. Vous allez le fatiguer, n'abusez pas de la faveur qui vous est faite. Il a des crises d'étouffement. Une sœur sera près de vous pour intervenir si nécessaire.

Ne restez pas plus de vingt minutes. Nous l'avons mis à l'écart, derrière un paravent. L'homme assis dans l'allée est un sergent de ville chargé de le garder. Précaution inutile, il est incapable de se lever. Voici sœur Élisabeth qui va vous accompagner. Mes respects, monsieur le commissaire.

La sœur l'accueillit d'un bref signe de tête et d'un regard hostile. Il la suivit jusqu'au fond de la salle. Elle écarta le paravent qui dissimulait le malade.

– Prenez ce tabouret pour être près de lui. Il parle bas.

Elle resta debout, au pied du lit.

Il eut de la peine à reconnaître l'homme allongé sur le dos, recouvert d'un drap jusqu'à mi-corps, avec, sur le torse, une sorte de cataplasme serré par un linge qui lui entourait la poitrine. Il semblait dormir, les yeux fermés, la bouche ouverte, le visage pâle et amaigri et les traits tirés. Une barbe de plusieurs jours couvrait ses joues et donnait à son visage un air sinistre. L'idée folle lui vint un instant à l'esprit qu'une fois de plus le bagnard lui avait joué un tour et qu'un comparse avait pris sa place.

Quand Grumel s'assit, les pieds de son tabouret cognèrent le sol, l'homme ouvrit les yeux et les tourna de son côté. Il ressentit une autre impression étrange. C'était Devaux qui le regardait, mais un Devaux qui déjà ne semblait plus de ce monde, un homme privé de ce qui l'animait encore il y a quelques jours, les gestes, les passions, les douleurs. C'était une forme sans consistance, qui évoquait Devaux comme un vêtement étalé sur un lit évoque celui qui vient de l'ôter. Il se dit qu'il était trop tard, qu'il ne pourrait rien apprendre de ce simulacre d'homme, de ce qu'il avait fait, de ce qu'il avait été. L'avait-il même reconnu ?

Pourtant il remuait les lèvres. Grumel s'approcha un peu plus. Il ne comprit rien tout d'abord. Un chuchotis de syllabes dépourvu de sens. Puis, il saisit quelques mots qui revenaient, que Devaux prononçait avec un effort plus grand et qu'il répétait, avec des yeux suppliants, comme s'il voulait à tout prix les faire entendre : Raymonde, Burrigo, cassette, argent. Il voulait sans doute parler de ce que Ragon appelait son « magot », qu'il avait caché sous le parquet de son arrière-boutique. Son visage reprenait un peu de vie, d'excitation Il tenta même de se redresser. Le commissaire fit signe qu'il comprenait. Le malade s'apaisa.

Quelques minutes plus tard, il bougea à nouveau les lèvres. Il parlait bas, il ne se tournait pas vers le commissaire, il semblait se parler à lui-même. Un mot revenait, qui se terminait par un O et que Grumel ne parvenait pas à comprendre. Puis, d'un coup, le mot éclata, clair et net, au milieu du chuchotis, comme un bouchon qui saute : « Prospero » et Devaux le répéta plusieurs fois comme heureux d'avoir réussi à le prononcer.

Après cela, il ferma les yeux et parut s'endormir. Le commissaire le contemplait, essayant de voir en lui le tueur nocturne, le cruel égorgeur qu'il était censé être, l'imaginant parcourant les rues armé d'un couteau pour assouvir sa vengeance, régler ses comptes, tuer sauvagement, pour le plaisir peut-être puisque ses supposées victimes n'avaient pas été dévalisées.

Tout à ses réflexions, il ne s'était pas aperçu que la respiration du malade devenait plus difficile, oppressée. Il tentait de se redresser, de tousser, de cracher sans y parvenir. Son visage se violaçait. La sœur bondit à son chevet puis se rua dans la salle en bousculant le paravent. Grumel regardait le visage de Devaux qui se figeait ; les narines se pinçaient, on n'entendait plus son souffle.

La sœur revint avec le médecin. Il colla son oreille sur la poitrine de Devaux, prit son pouls, lui écarta les paupières.

– Il est mort. Sans doute une crise cardiaque.

Il jeta un regard sévère sur Grumel.

– Vous l'avez bousculé ?

– Non, dit la sœur avant que Grumel ait pu répondre. J'étais là. Monsieur s'est contenté d'écouter.

– Il faut partir, commissaire, dit le médecin. Raccompagnez-le, ma sœur.

Dans le long couloir vers la sortie, Grumel lui demanda :

– Il parlait de Prospero. Qui est-ce ?

– Je n'en sais rien, il disait n'importe quoi.

31

Raymonde avait compris dès qu'elle lui avait ouvert la porte.

– Albert est mort, c'est ça ?

Il baissa la tête.

– Entrez.

La pièce était dans un ordre inhabituel, la table était dégagée.

– Je ne travaillais pas, dit-elle, comme si elle s'excusait. Marguerite n'est pas là. Elle livre des ornements dans un couvent à Grenelle. Que s'est-il passé ?

Quand Grumel lui eut dit qu'il était à son chevet au moment de sa mort, elle voulut tout savoir, s'il avait souffert, s'il s'était rendu compte qu'il mourait, s'il avait parlé, si le médecin avait fait tout son possible pour le sauver, si on savait de quoi il était mort. Elle semblait s'enivrer de questions pour ne pas penser au fait qu'il n'était plus.

– Que va-t-il se passer maintenant ?

Son souci était de pouvoir, avec Marguerite, l'enterrer à Saint-Séverin, avec une messe. On n'allait quand même pas remporter son corps à Brest. Elle ne pleurait pas. Sa voix s'étranglait parfois. Elle marquait des silences que Grumel ne troublait pas.

– Vous a-t-il reconnu ?

– Oui, je crois.

– Je suis sûre qu'il ne vous en voulait pas.

– Quand je l'ai arrêté, il allait au commissariat pour se rendre.

– Je m'en doutais. Je l'avais vu le matin même.

Il s'était assis à la table, sans qu'elle l'ait proposé. Il voulait qu'elle lui parle.

– J'ai fait du café. Vous en prendrez ?

Elle passa dans la petite cuisine à côté, le servit et s'assit à son tour, en face de lui.

– C'est mieux comme ça, dit-elle. Il n'aurait plus supporté le bagne. Il valait mieux qu'il meure ici.

Elle paraissait soulagée. Grumel ne sentait plus d'hostilité chez elle, comme à sa dernière visite. L'odeur du café s'était répandue dans la pièce et créait une atmosphère d'intimité. Il sentait qu'elle avait envie de parler de lui.

– Vous l'aimiez ?

– Oui.

– Depuis longtemps ?

– C'est quand il a repris sa fille, en 1845, que ça a commencé. Je l'avais élevée pendant huit ans. J'avais toujours envie de la voir. J'allais chez eux, rue Serpente, le plus souvent possible. Il ne s'y opposait pas. On s'est aimés à travers la gamine, petit à petit. Il ne voulait pas que ça se sache. C'était toujours moi qui allais chez lui. Il ne venait pas ici. Je vous l'ai dit, je crois. Marguerite était au courant bien sûr. Ça ne nous gênait pas. On a été heureux comme ça, tous les trois. Jusqu'au jour où il a bu un coup de trop et que le drame est arrivé.

– Ce n'est pas lui qui a tué Brunoy ? Vous en êtes sûre ?

– Sûre et certaine. Vous devez me croire. Je le connais bien.

– Pourquoi s'est-il battu avec Brunoy ?

– C'est une longue histoire…

Elle avait envie de la raconter, il le sentait, pour parler d'Albert, encore.

– Il est mort. Quoi qu'il ait fait, on ne peut plus rien contre lui, dit le commissaire.

– Il ne faut pas mal le juger. Il était orphelin. Quand il a commencé à travailler, au faubourg du Temple, il a fréquenté des petits vauriens du coin. Ils étaient toute une bande, ils avaient quinze ans et leur chef en avait tout juste vingt. C'était Burrigo, le serrurier. Albert et lui, ils sont devenus amis. Ils étaient des « tiraillons », comme on disait, des petits « tire-goussets », qui faisaient les poches des bourgeois. Plus tard, avec Burrigo, Albert a appris à crocheter les portes et à voler dans les maisons bourgeoises et les magasins. Burrigo a bien failli plusieurs fois se faire pincer et se retrouver en prison. Pas Albert, il était adroit et prudent. Avec l'argent qu'ils volaient, ils menaient la belle vie. Quand Albert s'est marié, Jeanne a voulu qu'il s'arrête et, avec Burrigo, ils ont cessé de se voir.

Elle soupira.

– Le malheur, c'était que le serrurier et lui, ils étaient venus s'installer dans la Cité à peu près en même temps, en 1845. Quand Albert avait mis sa fille en demi-pension à l'école de la Sainte-Croix, il avait eu des frais. Il voulait qu'elle soit toujours bien mise. Rien n'était trop beau pour elle, comme on dit. Il s'était remis à voler, dans les maisons des riches, seulement, et pas beaucoup, juste ce qu'il lui fallait. Tout seul ou avec Burrigo. Et toujours avec prudence. Il était habile : de l'argent, des objets ou des bijoux que le serrurier se chargeait d'écouler. Quand les butins étaient trop voyants, trop chers, c'était Brunoy, le bijoutier, qui les reprenait et qui s'en arrangeait.

– Je n'aimais pas ça, dit-elle, mais il tenait à ce que sa fille soit bien éduquée et ça n'allait jamais très loin. Jusqu'au jour…

Elle s'arrêta.

– Allez-y. Je vous l'ai dit, Devaux n'a plus rien à craindre de la justice.

– En vous racontant tout ça, je ne voudrais pas faire du tort à Burrigo. C'était son ami.

Il la laissa débattre avec elle-même. Elle reprit :

– Une nuit, il est allé dans un hôtel particulier du Marais où il savait qu'il n'y avait personne. Il a crocheté les portes et forcé un coffre, il a pris de l'argent et un coffret à bijoux, fermé à clé. Rentré chez lui, il l'a ouvert. Il pensait y trouver un collier ou des bagues ; il y en avait mais aussi des diamants, une petite fortune. Il en a parlé à Brunoy qui était prêt à les faire retailler et à les écouler. Ils ont arrosé ça, puis ont fini par se disputer sur la marge que voulait prendre le bijoutier, et vous savez la suite.

– Oui, la dispute, la bagarre et le mystérieux meurtrier inconnu.

– Vous n'y croyez pas non plus ?

– J'y crois, de plus en plus. Mais pourquoi ne vouliez-vous pas me parler de ce coffret ? Quel tort pouvez-vous faire à Burrigo ? Il n'a rien à voir dans cette affaire.

– Si. Je vais vous expliquer. Albert avait tout caché rue Serpente dans sa maison. Arrêté, il n'a pas pu y retourner. Quand je l'ai vu à Bicêtre, il m'a demandé d'aller reprendre le coffret ou d'en parler à Burrigo pour qu'il y aille à sa place. Mais je n'ai rien fait ni rien dit. Je ne voulais pas de cet argent.

– Et Albert voulait à tout prix récupérer son trésor?

– Pas pour lui. Il était malade et savait qu'il mourrait bientôt. C'était pour Marguerite et pour moi. Le bagne de Brest allait être transféré à Cayenne, il ne pourrait plus s'évader. Sa maison devait être démolie, on retrouverait son trésor. Alors il s'est enfui, sans souci des risques. Arrivé à Paris, il a récupéré le coffret sous les lames de son plancher et s'est réfugié chez Burrigo. Il a caché le coffret chez lui et quand il a dû partir, il le lui a laissé pour qu'il nous le remette.

– On a perquisitionné son logement et son atelier.

– C'est un malin. Vous avez mal cherché.

– Il vous a remis le coffret?

– Pas encore.

– Il le fera?

– C'est ce que voulait Albert.

Elle ajouta, haussant sa voix:

– Je ne le prendrai pas. Je vous l'ai dit, je n'en veux pas. Marguerite non plus. Burrigo en fera ce qu'il voudra. C'est trop d'argent, du mauvais argent, malhonnête d'un bout à l'autre. L'homme qu'Albert a volé dans son hôtel du Marais, c'était un trafiquant. Il a été arrêté l'année dernière. Il n'avait jamais porté plainte. Non, je ne veux pas de cet argent. Et Marguerite gagnera sa vie comme une honnête femme. Pas en profitant de l'argent de ce Prospero.

– Pardon?

– Prospero. C'est son nom.

– C'est celui qu'Albert a prononcé avant de mourir, au milieu d'autres mots que je n'ai pas compris.

Elle éclata en sanglots.

– Nous ne ferons pas ce qu'il voulait.

En sortant de l'immeuble, Grumel aperçut, dans la rue Saint-André-des-Arts, la silhouette d'une jeune femme qu'il reconnut immédiatement. C'était Marguerite, de retour de sa livraison du matin. Elle marchait vite, d'un pas alerte. Il hésita une seconde puis tourna rue de l'Éperon. Il ne voulait pas répondre à ses questions. Il se sentit un peu lâche, puis il se dit qu'il revenait à Raymonde de lui annoncer la mort de son père. Elle saurait mieux le faire que lui.

32

– Ragon, il faut me ramener Burrigo ici. J'ai des questions à lui poser.

L'inspecteur parti, Grumel reprit sur son bureau les notes qu'il avait griffonnées ces derniers jours.

Raymonde avait raison, le coffret devait être entre les mains de Burrigo. Il n'avait fait, avec Ragon, qu'une visite superficielle et la perquisition de Magnier avait été bâclée, sans doute. Qu'allait faire le serrurier ? Garder le magot ? Le remettre à Raymonde ? Il avait hâte de l'avoir en face de lui.

Il passa à autre chose. Il ne croyait plus à la culpabilité de Devaux, en tout cas pour les trois meurtres. Mais il n'avait pas d'autre suspect et pour au moins deux d'entre eux, rien n'empêchait de les lui imputer. Pour Brunoy, le bedeau avait été condamné et aucun élément nouveau ne remettait ce jugement en cause. Pour Évrard, aucune preuve n'avait été relevée contre le fugitif, mais il était dans la région et le motif envisagé était plausible. Pour Couturier, l'impossibilité dans laquelle il se trouvait de sortir du presbytère le disculpait, mais elle reposait sur le seul témoignage du père Fulbert.

Il tapa du poing sur la table. Finalement, la mort de Devaux ne résolvait rien. La similitude des trois meurtres poussait à les considérer comme l'œuvre d'un même auteur. Dans ce cas, quel était le lien entre eux ? Le seul qu'il ait entrevu, c'était la position des corps, transportés sur une faible distance et disposés pour que la tête soit tournée vers la Sainte-Chapelle. Il ricana : il se voyait exposant cette magnifique découverte à Beslay.

Il pensa tout à coup à Isabelle. Le divisionnaire se mêlait de sa vie privée. Elle n'était pas sa fiancée et ce qu'elle était ne regardait que lui… et elle. Est-ce que Beslay en avait parlé à son père ? Ce métier supposait-il qu'on se méfie de tout le monde ?

Il revint à ses notes. Il fallait qu'il en sorte. Il n'était pas question d'échouer. Il lui semblait que, malgré ses incertitudes, il approchait du but.

C'est en déchiffrant quelques mots qu'il avait écrits en rentrant de la visite de sécurité à la Sainte-Chapelle, après avoir interrogé Scassini, qu'un souvenir lui revint. Le peintre s'était plaint d'avoir dû travailler sur des vitraux de particuliers pendant l'interruption du chantier de la Sainte-Chapelle. Il préférait les sujets religieux et il avait dit, lui semblait-il, avoir œuvré aussi à la cathédrale de Rouen. Était-ce au moment du meurtre d'Évrard ? Pourquoi ne pas s'en assurer ?

Quand Ragon revint, le commissaire froissait ses papiers d'une main nerveuse.

– Chef, Burrigo a disparu.

L'inspecteur avait commencé sa recherche par la Sainte-Chapelle. On n'y avait pas vu le serrurier depuis près d'une semaine, le 27 mars, quand il était venu déposer des ferrures terminées.

– Le lendemain de l'arrestation de Devaux, dit Grumel. Tu es allé chez lui ?

– Il n'était ni dans son atelier, ni dans ses mansardes. Le concierge m'a dit qu'en effet il ne l'avait pas vu ces derniers temps. Il a une gueule de faux témoin, ce lourdier[1], alors je suis monté voir avec lui. Personne.

– Burrigo a fini son travail ?

– Non, j'ai demandé. Dans quelques jours.

– Curieux. Je vais y aller.

– Vous ne me croyez pas ?

– Si, mais j'ai mon indicateur personnel là-bas : l'homme au bec-de-lièvre.

– Scassini ? lui dit un contremaître, il est à l'atelier quai de la Grève, près de l'Hôtel de Ville.

Il le trouva, en effet, dans la grande salle qui donnait sur le quai, assis à une table ou étaient déposés deux dessins de ce qui lui parut être le même vitrail et une série de morceaux de verre coloré étalés tout autour. Il se pencha pour mieux voir.

– Un relevé aquarellé et un calque de travail, dit le peintre, le panneau tel qu'il est et tel qu'il sera.

Les dessins représentaient la même scène, un cavalier sur un cheval blanc tenant une lance dans la main droite et dans la gauche une poignée de serpents, dans un décor vert et bleu semé de points rouges dont le commissaire n'arrivait pas comprendre le sens.

1. Lourdier : concierge, en argot de l'époque.

– On va changer la croupe du cheval, une partie du manteau et quelques petites choses. Je cherche des pièces dans les verres anciens que l'on a gardés.

Il les montra sur la table, en saisit un qu'il examina avec soin, le levant vers les fenêtres pour mieux le voir en transparence.

– Quelle est la couleur de ce cheval, commissaire ?

– Blanc, il me semble.

– Oh non. C'est un léger rose, un pourpre pâle, si vous voulez. Je cherche le même. Je suppose que vous n'êtes pas venu pour m'aider ?

– Je cherche Burrigo.

– Vraiment, vous lui en voulez ! Je ne l'ai pas vu depuis quelques jours. Il a peut-être fini.

Il ne savait rien d'autre et il ne cacha pas qu'il s'en fichait.

– Une question : vous m'avez dit, l'autre fois, avoir travaillé à la cathédrale de Rouen.

– J'ai dit ça ? Je ne m'en souviens pas, mais c'est vrai. Dans la chapelle.

– Quand ?

– En janvier et février, cette année. Vous êtes bien curieux.

Il ne lui posa pas la question qu'il attendait : « Pourquoi me demandez-vous ça ? »

Il avait repris le relevé en couleurs sur la table.

– La mort sur un cheval pâle. Le quatrième cavalier de l'Apocalypse. L'enfer est là, derrière lui. Vous le voyez. Il en sort. Une scène qui fait peur, commissaire. Vous ne croyez pas. Une scène qu'on ne peut pas traiter à la légère.

Il parlait fort, il agitait le calque, ses yeux brillaient.

– « Alors on leur donna pouvoir sur le quart de la terre, pour exterminer par l'épée, par la faim, par la peste, et par les fauves de la terre. »

Grumel s'éloigna. Il parut ne pas s'en apercevoir.

Il y avait du bruit dans la cour. Un charretier ivre peinait à sortir son tombereau de gravats par le porche, il fouettait son pauvre cheval à coups redoublés, en éructant un filet de jurons. Le commissaire s'approcha de lui et brandit sa carte en lui ordonnant de se calmer. Impressionné, l'homme s'arrêta après une dernière bordée d'injures. Grumel attendit qu'il ait réussi à sortir son tombereau avant de partir, satisfait de son intervention. Il détestait voir brutaliser les animaux, surtout les chevaux.

33

– Et de quatre, dit Ragon.

Il avait mis Grumel au courant dès son arrivée gare Saint-Lazare. Un homme avait été attaqué hier soir, vers dix heures, rue Saint-Éloi et le peu que l'inspecteur savait du drame évoquait les circonstances des meurtres précédents. Il sortait d'un mastroquet de la rue Calandre et se dirigeait vers la rue de Constantine quand quelqu'un était arrivé derrière lui et lui avait porté un coup de couteau à la gorge. Le gros foulard qu'il portait autour du cou l'avait protégé ; il avait crié, des passants étaient accourus et l'assaillant s'était enfui. Il n'était que blessé et soigné à l'Hôtel-Dieu.

– Notre hôpital favori, dit Grumel.

– Oui, tout se passe dans le même quartier et les circonstances sont très voisines de celles de nos trois meurtres.

– Qui est la victime ?

– Le sergent de ville ne savait pas et m'a dit que Louvain nous proposait de le rejoindre au commissariat pour aller ensemble à l'hôpital.

– Trop aimable.

Pendant le trajet en fiacre, Grumel ne desserra pas les dents.

Au commissariat Notre-Dame, Louvain ne semblait pas assombri par cette nouvelle péripétie, survenue dans son quartier.

– La victime est un dénommé Jacquet Gustave, quarante ans, célibataire, travaillant chez Gravelot et frère, entreprise de terrassement et démolition, à Montrouge. Il était saoul quand on l'a ramassé. Il se rendait à peine compte de ce qui lui était arrivé. Il prétendait être tombé tout seul. Mais les passants ont vu un homme s'enfuir et la blessure à la gorge parle d'elle-même, si je peux dire. Je ne l'ai pas encore vu. On va y aller ensemble.

En chemin, il devint plus grave.

– Trop, c'est trop. On va se faire chapitrer, comme on dit dans les couvents.

Jacquet avait un gros pansement autour du cou et des bleus au visage. Il était assis sur sa paillasse et ne paraissait pas trop mal en point.

Ils s'approchèrent.

– Nom de Dieu! dit Grumel.

– Qu'est-ce qui vous arrive, commissaire? demanda Louvain.

– C'est mon charretier d'hier!

– Expliquez-vous.

Il leur fit signe de s'écarter du lit et leur raconta son intervention dans la cour de l'atelier des peintres verriers, quai de la Grève, la veille.

– C'était lui, la brute avinée qui s'acharnait sur cette pauvre bête.

– Juste punition du ciel, dit Louvain, et curieux hasard.

Ils revinrent près du blessé. Il était à peu près dessaoulé et retrouvait la mémoire des faits. Il avait beaucoup bu hier, la journée avait été dure. Il sortait de chez Thoreau, le troquet de la rue Calandre et, à un moment, il avait entendu des pas derrière lui. Il s'était retourné. Un homme brandissait un couteau. Un grand couteau. C'est là qu'il avait crié. Un coup violent l'avait frappé à la gorge et il était tombé. Il avait dû s'évanouir. Il ne pouvait pas décrire son agresseur. Juste une grande ombre, qui faisait peur. Non, il ne se connaissait pas d'ennemi, personne qui aurait pu vouloir le tuer.

Il avait entrecoupé son récit de quelques jurons et regardé Grumel à plusieurs reprises en fronçant les sourcils. Il semblait tirer quelque fierté de ce qui lui était arrivé.

– Je vais essayer de doubler les rondes, dit Louvain, au moment de les quitter, devant Notre-Dame. Que puis-je faire d'autre ? Devaux n'est plus dans le coup cette fois, s'il l'a jamais été. Qu'en pensez-vous, commissaire ?

– La même chose que vous. Si on marchait un peu, Ragon.

Ils prirent la direction du quai Napoléon. Grumel semblait soucieux.

– Vous étiez troublé, dit Ragon, en reconnaissant le charretier qui brutalisait son cheval.

– C'est vrai.

Il n'en dit pas plus et l'inspecteur n'insista pas.

Au pont d'Arcole, Grumel demanda :

– Vous voulez bien m'accompagner jusqu'à l'atelier des peintres ; c'est à deux pas ?

– Bien sûr.

Ils traversèrent la Seine et tournèrent à droite sur le quai de la Grève. Arrivé devant l'atelier, Grumel entra dans la cour et s'approcha d'une fenêtre. Il regarda à l'intérieur et se retourna vers l'inspecteur.

– J'ai vu ce que je voulais voir. Continuons à marcher sur les quais.

Dix minutes plus tard, devant le pont au Change, il se décida à parler :

– C'était troublant, en effet, de retrouver tout à l'heure le charretier que j'avais empêché, la veille, de battre son cheval. Je l'étais plus encore en l'écoutant car il m'est venu une idée bizarre et j'ai vu un lien entre tous nos meurtres.

Comme Ragon ne réagissait pas, il poursuivit :

– On dirait qu'à chaque fois le « tueur » – appelons-le ainsi et considérons que c'est le même pour les trois meurtres et la tentative d'hier soir – a commis son crime pour modifier le destin, corriger une situation qu'il considérait comme injuste ; c'est, en quelque sorte, un redresseur de torts, un vengeur qui se croit permis de juger et d'intervenir où bon lui semble. Vous me comprenez ?

– Pas très bien.

– Au marché aux fleurs, un soir, le tueur voit deux hommes qui se battent. L'un est terrassé par l'autre, qui l'a mis à terre, l'écrase de son poids et le cogne comme un sonneur. Il retourne celui qui triomphe et l'égorge, sans chercher à savoir qui était l'agresseur, qui avait tort ou raison.

– Sans les connaître, ni l'un ni l'autre, ni l'objet de leur bagarre ?

– C'est probable. Je poursuis : Couturier venait de donner « une bonne torgnole » à Rosa, une de ses protégées. Le tueur le voit et le punit en le tuant.

– Un peu radical.

– Ne vous moquez pas. Dans l'estaminet de Rouen, Évrard proclamait haut et fort sa décision d'aller dénoncer le bagnard fugitif. Le tueur l'entend, le suit quand il rentre chez lui, lui règle son sort sur la route.

– Et Jacquet ?

– Hier, quelqu'un le voit, comme moi, brutaliser une bête innocente. Je le tance vertement, je le menace. Le soir même, quelqu'un – le tueur encore – tente de le punir de façon brutale.

– Qui a pu le voir battre son cheval, en dehors de vous ?

– Un passant dans la rue. Ou, par la fenêtre, l'homme que je venais de quitter.

– C'est-à-dire ?

– Scassini.

– C'est de la folie !

– C'est, à mon avis, le mot qui convient.

34

Huit jours après, Ragon n'était toujours pas convaincu. L'idée du « redresseur de torts » lui paraissait extravagante et l'incrimination de Scassini tout à fait infondée. N'importe qui, traînant dans les rues de Paris la nuit, aurait fait l'affaire aussi bien que le peintre. « Vous avez raison sur les deux points », reconnaissait Grumel. Il n'avait pas osé présenter à Beslay sa thèse du « redresseur de torts » et il n'avait aucune preuve tangible contre Scassini. Mais, ils étaient dans l'impasse. Une trace, aussi ténue soit-elle, était bonne à suivre. La Sainte-Chapelle était au centre des événements dramatiques survenus ; à Paris comme à Rouen, Scassini était sur place au moment des crimes. Ils n'avaient rien d'autre à se mettre sous la dent. Alors pourquoi ne pas explorer cette piste ?

– Vous voulez dire filer le peintre ? avait demandé Ragon.

– Oui. Au moins quelques jours, quelques nuits plutôt. S'il ne se passe rien, on aura juste perdu un peu de notre temps. Nous n'avons plus de planton en surveillance rue Serpente et nous pouvons aussi payer de notre personne. Mettez ça au point. Demandez qu'on nous prévienne dès que Jacquet sortira de l'hôpital. Il faudra le surveiller ou plutôt veiller sur lui. Le tueur a raté son coup. Il voudra peut-être ne pas rester sur son échec, s'il est l'enragé que je pense.

Ils avaient commencé la filature le soir même, repéré le domicile de Scassini et, en une semaine, découvert ses habitudes.

En sortant de l'atelier, il achetait quelques provisions, toujours dans les mêmes boutiques et rentrait chez lui. Il ressortait une heure après et se promenait dans les rues de la Cité et sur la rive gauche. Une seule fois, il s'était aventuré du côté de l'Hôtel de Ville et de la rue Saint-Martin. Il n'entrait pas dans les estaminets ou les restaurants, jetant parfois un œil par les fenêtres ou les vitrines. Il rentrait chez lui en fin de soirée, vers dix heures au plus tard, un petit logement rue Chanoinesse, d'où il ressortait le matin pour aller à l'atelier du quai de la Grève. Il saluait des gens dans la rue, échangeait parfois quelques mots, jamais très longtemps. Dehors, il ne portait pas son turban, qu'il devait laisser à l'atelier. Il marchait d'un pas lent, une heure ou deux, regardait autour de lui et ne se retournait qu'à de rares occasions. Le mauvais temps ne l'incommodait pas, il marchait sous la pluie sans s'en soucier. La filature était facile. Il ne paraissait pas avoir remarqué Ragon, Molineau et Bricard, son collègue, qui s'étaient succédé les jours précédents pour le suivre.

Hier, Jacquet était sorti de l'hôpital, un simple linge serré autour du cou. Il était retourné à son travail et plus tard il avait raconté ses malheurs dans son cabaret de la rue Calandre avant de rentrer chez lui les jambes un peu flageolantes.

Aujourd'hui, Grumel avait décidé de prendre son tour de filature. Ragon surveillerait Jacquet à son mastroquet de la rue Calandre.

L'inspecteur s'étonna de voir le commissaire enfiler sa redingote. Même le soir, il faisait bon en ce début d'avril.

Ragon s'ennuyait ferme. Jacquet était arrivé tard rue Calandre. L'inspecteur sortit de l'encoignure où il s'était tapi pour jeter un coup d'œil à travers la vitrine de l'estaminet. Le charretier était attablé avec une bande de soiffards et ne paraissait pas décidé à bouger. L'inspecteur reprenait le guet quand il entendit une voix lui souffler dans l'ombre :

– Scassini est caché au bout de la rue.

Grumel avait pris la place que Ragon venait de quitter. Il s'écarta du mur.

– Nous touchons au but. Suivez-le quand il sortira.

Il s'éloigna vers le Palais de Justice. Au coin de la rue de la Barillerie, Ragon le vit passer dans la lueur d'un réverbère puis disparaître.

La porte de l'estaminet s'ouvrait de temps en temps pour laisser sortir un client. Jacquet allait bientôt être seul.

Vers dix heures, il franchit le seuil. Il tourna à gauche puis traversa la chaussée pour s'engager dans la rue Saint-Éloi, où il s'était fait attaquer la semaine précédente, ce qui ne semblait pas le faire hésiter. Il marchait à peu près droit.

La rue, un boyau étroit à peine éclairé par un réverbère à chaque bout, était déserte et silencieuse. On n'entendait qu'un bruit confus de roues et de sabots provenant des quais. Jacquet marchait au milieu, dans le caniveau, insouciant de l'eau et des saletés qui y traînaient. Ragon le suivait en longeant les murs. Dans la lumière qui éclairait le débouché sur la rue de Constantine, il vit apparaître une silhouette qui disparut aussitôt dans l'ombre. Il reconnut Scassini qu'il avait filé toute une soirée quelques jours auparavant.

Jacquet n'avait rien vu ; il continuait d'avancer. Alors qu'il approchait du bout de la rue, Scassini sembla jaillir du mur derrière lui, le bras levé. La lame du couteau refléta un bref instant la lumière du lampadaire. Ragon bondit pour empêcher l'agresseur de frapper, conscient d'être un peu trop loin pour arrêter son bras. C'est alors qu'il vit l'homme s'effondrer devant lui et Grumel apparaître à son tour dans la pénombre de la rue, une matraque vibrant encore dans sa main. Le couteau était tombé sur le pavé. Le charretier regardait les deux hommes et le corps qui gisait à terre d'un air ahuri.

Grumel glissa la matraque dans la poche de sa redingote.

– Inspecteur, allez chercher les sergents de ville. Je vais garder Scassini. Il va bientôt se réveiller.

Le peintre était couché sur le dos, une expression de stupeur sur le visage. Son arme reposait à côté de lui, près de sa main droite. C'était une forte lame d'une vingtaine de centimètres, très affûtée, insérée dans un manche en bois sombre, renforcé de trois clous métalliques. Sans doute un couteau de boucher, un outil d'abattoir. Il luisait dans la pénombre, comme une menace. Grumel l'écarta du pied.

35

Hôpital de Bicêtre, deux mois plus tard

Le professeur Lambert fit entrer Grumel dans son bureau.

– Asseyez-vous, commissaire. Beslay m'a annoncé votre visite. Je suis heureux de vous recevoir.

Il lui présenta un fauteuil et prit place en face de lui derrière une large table couverte de livres et de dossiers. Il les écarta pour dégager un espace central qui lui permit de voir son interlocuteur.

Par la fenêtre, sur sa droite, le commissaire découvrait le cadre austère d'une cour de l'hôpital, un rectangle de pelouse râpée entouré de bâtiments grisâtres aux fenêtres encadrées de briques. Il préféra s'attarder sur la bibliothèque qui, derrière le psychiatre, offrait ses rayons surchargés de livres reliés, alignés, droits et serrés comme une troupe en revue.

– Beslay m'a parlé de vous en termes élogieux. Il m'a raconté les péripéties de l'enquête efficace que vous avez menée et qui nous vaut d'accueillir Alfredo Scassini dans nos murs jusqu'à ce que la justice se prononce sur son sort. Si j'ai bien compris ce que m'a dit cet excellent

Beslay, en quelques mots trop brefs à mon goût, vous voudriez savoir ce qui s'est passé et ce qui se passe encore dans la tête de notre malheureux patient. Je suis prêt à vous fournir les renseignements que vous souhaitez recueillir. Pouvez-vous me préciser auparavant les motifs de votre démarche ?

On aurait pu dire, au sens littéral du terme, que le professeur s'écoutait parler. Les mots sortaient de sa bouche avec lenteur, bien formés, bien articulés et il penchait la tête comme s'il tendait l'oreille pour les entendre. Il semblait les découvrir au fur et à mesure de son discours et s'en étonner parfois, voire s'en émerveiller.

– J'avais vu Scassini avant de découvrir sa culpabilité, dit le commissaire. Son comportement m'avait paru normal. Après son arrestation, en flagrant délit peut-on dire, Scassini n'était ni abattu, ni furieux d'avoir été pris sur le fait. Il m'a même paru soulagé, presque satisfait et tranquille. C'était en contraste absolu avec la sauvagerie de ses actes. Je l'ai interrogé avant qu'il soit confié à la justice : il paraissait heureux que l'on s'intéresse à lui, il mettait beaucoup de soin et de précision dans ses réponses. Sa justification était simpliste et, pour moi, elle défiait la raison. Il vantait son sens de la justice, sa puissance et son devoir de l'exercer. Ensuite, je n'ai plus eu l'occasion de le revoir et j'ai eu d'autres affaires. Comme M. Beslay m'a dit que vous aviez étudié son cas de près, j'ai pensé que vous pouviez m'éclairer.

– Volontiers, dans les limites de notre savoir sur le comportement criminel. Je vais me limiter à décrire son cas et à vous proposer mes explications.

Il se recula dans son fauteuil, appuya les bras sur les accoudoirs et fixa le commissaire, sans doute pour observer les réactions qu'il aurait à ses propos.

– Scassini est ce qu'on appelle un multirécidiviste ou encore un criminel compulsif. Ce genre de criminels est rare, fort heureusement. Ils sont considérés comme des « curiosités criminelles ». L'évolution de notre société me fait craindre une augmentation de leur nombre. Le progrès industriel, la rapidité des communications, le brassage des populations qu'elle entraîne, les conflits de classes, tout nous conduit à ce que j'appelle une « société fébrile ». Les passions s'exaspèrent et les plus fragilisés, par leur nature ou leur environnement, y perdent la raison. Il n'est pas étonnant que ce soit aux États-Unis d'Amérique que ce genre de criminels soit le plus fréquent. Ce n'est là qu'une intuition. Il faudrait pousser les recherches en ce domaine.

– C'est effrayant.

– Certes. Revenons à notre criminel compulsif. C'est un homme normal dans la vie courante mais qui tue, poussé par une force dont il a conscience mais qu'il ne peut réprimer. Alors il recommence. Les cas ne sont pas tous identiques. Je ne veux pas vous ennuyer. Je ne vous parlerai que de Scassini. Vous allez, je crois, comprendre les particularités de son comportement qui vous ont paru si étranges.

Il s'éclaircit la voix

– J'ai beaucoup parlé avec lui. Scassini a été orphelin de bonne heure. Il a été accueilli par un patron qui lui a appris un métier et qui l'a aussi battu et même, si j'ai transcrit le non-formulé des confessions du patient, lui a fait subir des sévices. Ajoutons à cela son bec-de-lièvre, une malformation qui a constitué un obstacle à son intégration sociale. Je ne sais pas ce qu'il serait devenu sans cette rencontre avec le maître verrier qui l'a emmené en France, l'a formé, éduqué aussi et sans ce formidable dérivatif qu'a constitué pour lui la découverte de son talent. Il a été transformé. Sa vie sociale est devenue normale d'après ce que j'ai pu savoir. Il était taciturne, travailleur mais aimable. Son activité sexuelle a sans doute été pauvre, peut-être nulle. En tout cas, des années plus tard, il s'est passé quelque chose dans sa vie, un choc, une crise qui l'a conduit aux dérèglements que vous avez constatés. Je vous ennuie, peut-être ?

– Pas du tout.

– J'abrège quand même. Il s'est renfermé sur son métier, sa peinture, les scènes qu'il traitait. Il m'a parlé surtout de celles qu'il aimait, je devrais dire, qui l'obsédaient : le sacrifice de la fille de Jephté, la décollation de saint Jean-Baptiste et surtout la décapitation d'Holopherne par Judith, sa scène privilégiée. Il m'a raconté avec passion l'histoire de cette femme audacieuse qui sauve son peuple, disait-il, par un seul geste, la décapitation du général ennemi. Je ne savais pas, en l'écoutant, s'il exaltait l'acte ou le vitrail qui le représentait. C'était, pour lui, un exemple de pouvoir sur le destin, de capacité à renverser les choses, un acte de justice. Il a été peu à peu envahi par un besoin de prouver sa puissance à l'égal de la nature ou de Dieu, une puissance qui lui était peut-être refusée sur d'autres plans. Je vous choque ?

– Non. Je vous suis.

– Vous aviez bien compris cela quand vous l'avez qualifié de « redresseur de torts ». Une nuit, il est sorti dans la ville. Il s'était acheté un couteau de bonne taille qu'il avait finement aiguisé, comme l'arme d'Holopherne. Il l'a dissimulé sous ses vêtements, avide de quelque chose qu'il n'osait s'avouer. Il est tombé sur deux hommes qui se battaient. Il a tué celui qui semblait triompher. Il a ressenti, en accomplissant ce geste, un plaisir intense. La déception est venue ensuite, le désir à nouveau. Vous savez la suite.

– Et chaque fois avec le même plaisir, la même déception, les regrets et la pulsion qui revient? demanda Grumel.

– Oui, à la moindre stimulation. Un échec, une humiliation, une frustration: voir son travail à la Sainte-Chapelle s'interrompre, en 1853, ou se voir préférer un autre peintre, deux ans plus tard.

– Avec le même procédé, la même arme?

– Oui, comme un rite, comme ce soin qu'il apportait, m'a dit Beslay, à orienter les corps vers la Sainte-Chapelle et ses verrières inspiratrices de ses actes de folie.

– Au moment de son arrestation, dit Grumel, il restaurait un cavalier de l'Apocalypse qui semblait le fasciner.

– Il m'en a parlé. Il citait la Bible: «Alors on leur donna pouvoir sur le quart de la terre, pour exterminer par l'épée...», une phrase qui devait exacerber sa pulsion.

– Où cela l'aurait-il mené?

Le psychiatre ne répondit pas.

– Que va-t-il devenir?

– Le procureur m'a demandé un rapport d'expertise. Il échappera à la mort si l'article 64 du Code pénal – l'irresponsabilité du fou – lui est appliqué. Je conclus, pour ma part, à l'état de démence au moment de l'acte.

– Peut-on le soigner ?

– Le soigner, oui, plus ou moins. Scassini a conservé intacte une grande partie de sa raison. Pinel[1] aurait préconisé ce qu'il appelait « un traitement moral » en explorant son passé, en lui expliquant sa folie, en mêlant habilement le raisonnement, la persuasion et l'autorité pour réduire ses troubles. Esquirol[2], dont j'ai été l'élève, pratiquait une méthode « perturbatrice », voire répressive, une secousse susceptible de modifier son état. La préconisation de Pinel me paraît plus adaptée au cas de notre peintre.

– Il pourrait guérir ?

– Dans l'état actuel de nos connaissances, hélas, non.

– Il se leva, marquant à la fois ses regrets et la fin de l'entretien.

1. Philippe Pinel (1745-1826) : aliéniste à l'hôpital de Bicêtre de 1793 à 1795, il a lutté pour l'abolition de l'entrave des malades mentaux par des chaînes et pour l'humanisation de leur traitement. Il établit la première classification des maladies mentales et exerça une grande influence sur la psychiatrie. Aux lendemains de la Révolution, il modifie radicalement le regard porté sur les fous (ou « aliénés ») en affirmant qu'ils peuvent être compris et soignés. Il préconise le « traitement moral » du patient qui préfigure nos psychothérapies modernes.

2. Jean-Étienne Esquirol (1772-1840) : aliéniste, il a travaillé avec Pinel à la Salpêtrière.

36

Son entretien avec le professeur Lambert avait été moins long qu'il ne l'avait prévu. À la station de fiacres, Grumel décida d'en profiter pour rendre visite à Raymonde et à Marguerite avant son prochain rendez-vous. Après l'arrestation de Scassini, il les avait vues plusieurs fois, à l'enterrement de Devaux d'abord puis ensuite pour les compléments d'enquête. Depuis un bon mois, il ne les avait pas rencontrées. Tout était réglé maintenant sauf le sort de Burrigo. Les deux femmes prétendaient n'avoir aucune nouvelle de lui et les recherches de police n'avaient pas permis de le retrouver, pas plus que les diamants. L'enquête sur Prospero se poursuivait. Elle faisait apparaître un trafic mettant en cause deux diamantaires hollandais. Seule la chance – ou la malchance – avait mêlé Devaux à cette histoire.

Le cocher arrêta sa voiture devant l'officine de l'apothicaire au coin de la rue de l'Éperon où, comme toujours, des badauds contemplaient les gravures et les bocaux des vitrines. Il grimpa au troisième étage. Les deux femmes étaient là.

Il fut surpris par l'apparence du logement. Un nouveau rayonnage occupait le mur opposé à la fenêtre sur rue, maintenant garnie de rideaux transparents. La grande table de travail était toujours là, au milieu de la pièce. Les linges en cours de broderie y étaient étalés avec soin. Une petite table à ouvrage qu'il n'avait jamais vue avait été logée dans un coin. Tout était propre et rangé. La surprise devait se lire sur ses traits car Raymonde expliqua :

– Il fallait mettre de l'ordre. Nous avons de plus en plus de travail et on ne s'y retrouvait plus. Les rayonnages nous sont très utiles.

Il était vrai qu'ils étaient remplis de piles de linge en attente ou déjà brodé et de boîtes en carton diverses, dans un alignement impeccable. Mais il y avait plus que de l'ordre, une impression d'aisance.

Les deux femmes étaient mieux habillées, Raymonde dans un ensemble discret, jupe et chemisier noirs, Marguerite en robe pied-de-poule grise serrée à la taille par une large ceinture.

– Nous sommes tristes, vous savez, dit Raymonde, mais moins soucieuses qu'avant. Nous pensons souvent à lui. Il est en paix maintenant.

Il la sentait un peu gênée comme si elle pensait qu'il les blâmait.

– Il faut vivre.

Il approuva puis posa la question traditionnelle :

– Avez-vous des nouvelles de Burrigo ?

– Aucune.

C'était Marguerite qui avait répondu la première.

– Même pas une lettre ?

– Non. La police n'a pas retrouvé sa trace ?

– On l'avait signalé en Belgique, dit Grumel. C'était une fausse piste. Son logement a été reloué avec son atelier. Je crois qu'on ne le reverra jamais et le *magot* non plus.

– Tant mieux, dit Raymonde.

Un peu de gêne s'installa entre eux. Marguerite se leva, prit sur la table un napperon qu'elle déplia.

– J'en ai fait plusieurs. C'est pour le père Fulbert, pour mettre sous les vases de fleurs de l'autel.

– Vous le saluerez de ma part.

Une chaînette en or brillait à son cou. Quand elle se leva, le col de sa robe s'entrouvrit laissant apparaître une croix en or ornée d'un brillant qui lança un bref éclair. Elle surprit le regard de Grumel et rajusta son col.

– Un cadeau de *nounou* pour mes dix-huit ans.

Le commissaire aurait bien aimé pouvoir montrer ce pendentif à Loison, le marchand de vins de la rue de la Pelleterie et lui demander s'il reconnaissait le bijou tombé de la poche de Devaux le jour de sa bagarre avec Brunoy.

Il se dit qu'après tout, cela n'était pas son affaire et se leva pour prendre congé de ces femmes et de son enquête.

Rue Saint-Jacques, il monta dans un fiacre. Il était pressé maintenant. Il avait rendez-vous chez lui, rue de Bretagne, avec Isabelle qui voulait « parler de choses sérieuses ».

« Sérieuses ? » Ce sera difficile, pensa-t-il.

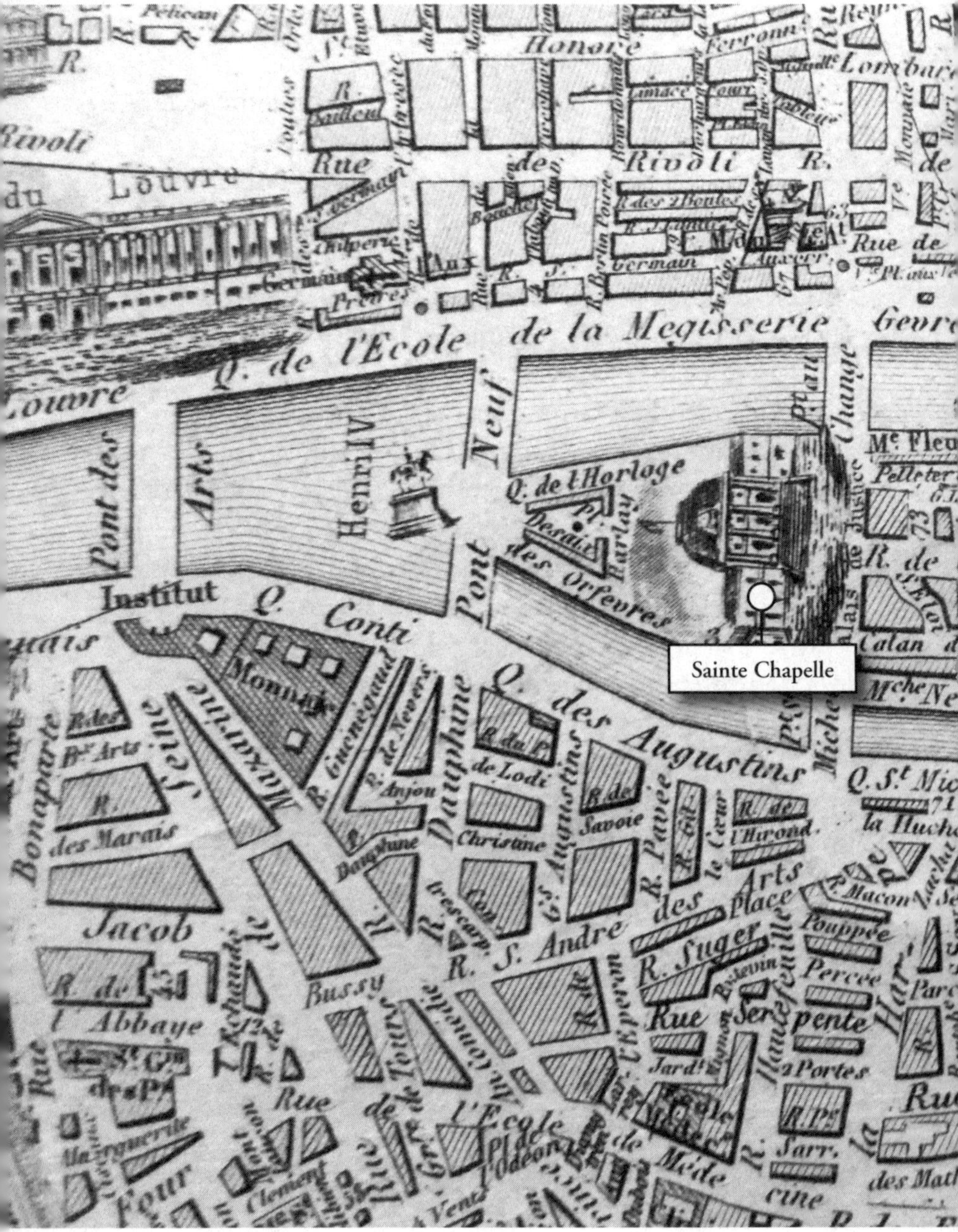
Sainte Chapelle
Honoré
Rivoli
Rue de Rivoli
du Louvre
Q. de l'Ecole
de la Megisserie
Louvre
Pont des Arts
Henri IV
Pont Neuf
Q. de l'Horloge
des Orfevres
Harlay
Institut
Q. Conti
Monnaie
Q. des Augustins
Dauphine
R. de Nevers
R. Guénégaud
Mazarine
Seine
Bonaparte
des Marais
Jacob
R. de l'Abbaye
Bussy
R. S. André des Arts
R. Suger
Rue Serpente
Place
Hautefeuille
Pavée
Christine
Savoie
de Lodi
Anjou
Gds Augustins
Q. St Mic
la Huche
Macon
Poupée
Percée
2 Portes
Sarr.
des Math
de Méde cine
Rue du Four
Change
Mcle Fleu
Pelleter
Calan
Mche Ne
Gevre
Lombard
Rue de
Ferronn
Tixeranderie
Pélican
Germain
Prêtres

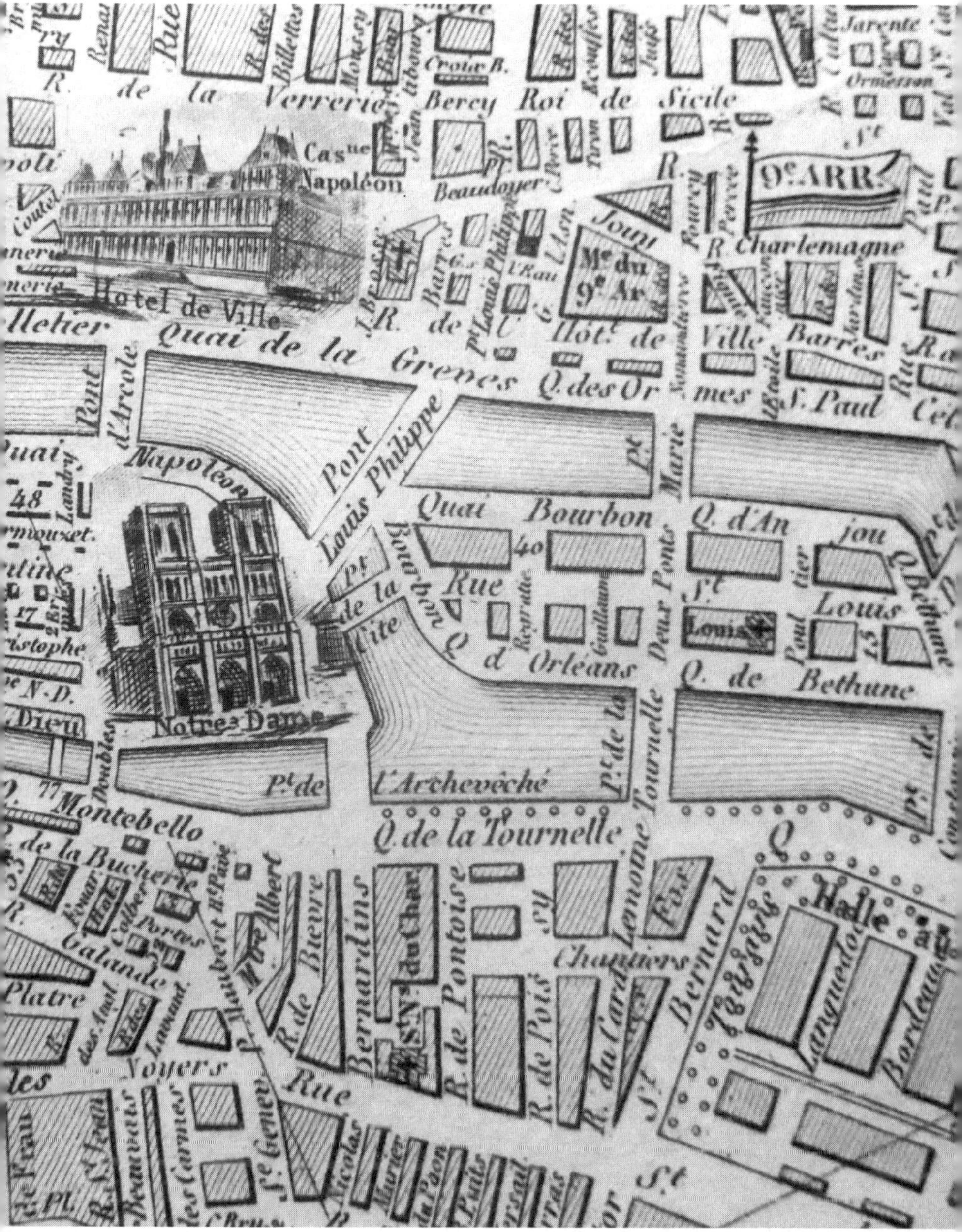

Verrerie
Berey
Roi de Sicile
Casne Napoléon
Beaudoyer
9e ARR.
R. Charlemagne
Me du 9e Ar.
Hotel de Ville
Quai de la Greves
Q. des Ormes
Hôtel de Ville
Barres
S. Paul
Pont d'Arcole
Napoléon
Pont Louis Philippe
Quai Bourbon
Q. d'Anjou
Marie
Rue St Louis
Q. d'Orléans
Deux Ponts
Q. de Bethune
Notre Dame
l'Archevêché
Pt de la Tournelle
Q. de la Tournelle
Montebello
Galande
R. de Bievre
Bernardins
R. de Pontoise
R. de Poissy
R. du Card Lemoine
Bernard
Halle aux Vins
Languedoc
Bordeaux
Rue